幸せなポーションライフを
[Author] 空野進
[Illust.] 三つ葉ちょこ
Have a happy potion life

レフィ
魔法が使えない
代わりに、レベルＥＸの
【ポーション作成】スキルを持つ。
リル
レフィがポーションで
助けた神狼。
レフィに忠誠を誓う。

国王
娘のミリーナを溺愛する
リーゼンベルクの王。
ミリーナ
王国のお姫様。
レフィに想いを寄せている。
ライバルド
レフィの父親で貴族。
ルルカ
貴族街の館に棲み着いた
幽霊の女の子。

「本当にポーションなの？」

ドゴォォオォオオン!!
生み出したポーションを
木に向かって放り投げる。
ポーションは木に触れた瞬間に
大爆発を起こしていた。

少女は目を大きく見開いて
レフィのことを見る。
そして、目に涙を溜めながら
喜びのあまり飛びついてきた。
「会いたかったです。
会って一度お礼を
言いたかったです。
レフィ様……」

「えっと……、あの……？」
こんな往来のど真ん中で泣きつかれて、周りの人たちから注目を集めてしまう。

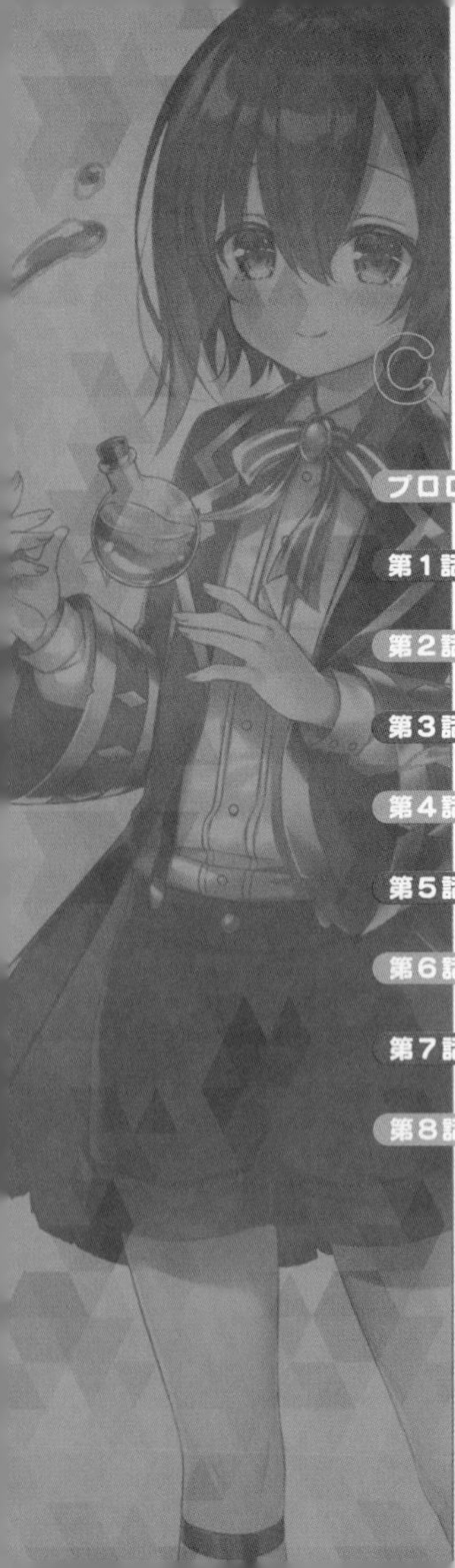

# Contents



Have a happy potion life

ダッシュエックス文庫

幸せなポーションライフを

空野　進

# プロローグ

prologue

Have a happy potion life

この世界では十二歳になるときに、スキルを授かることができる。

それは剣術であったり、魔法であったり……。多種多様であった。

そして、アールデルス男爵《だんしゃく》家の五男として生まれたレフィも十二歳になり、両親からどんな能力を持っているか楽しみにされていた。

「レフィはどのレベルの魔法スキルを持っているでしょうね？」

「兄たちはそれぞれ、優秀な魔法スキルの持ち主だった。この子もおそらく、高位の魔法スキルを持っているだろうな」

ここ最近の話題はもっぱらレフィの能力についてで、本人以上に両親が楽しみにしていた。

ただ、レフィ自身が魔法のスキルを持っていることを前提で話をしていた。

それもそのはずで、レフィの両親は他の貴族から魔法バカと言われるほどの魔法至上主義者で魔法スキル以外は認めないと常々話していた。

魔法とは大気中のマナを集め、それぞれの属性の効果を与えて放つスキルで、高レベルのスキル所持者になると、一人いるだけで戦局を変えられるとすら言われていた。

そして、レフィの両親や兄弟はみな魔法スキルを持っている。

そのことからレフィも同じように魔法スキルを持っていると思われていた。

しかし……。

「レフィ・アールデルス。そなたが持つスキルは【ポーション作成】じゃ」

実際に十二歳になったときに、スキル鑑定所で調べてもらうととんでもないことを言われてしまう。

「……えっ!?」

レフィは告げられたその言葉が信じられずに、思わず訊《き》き返してしまう。

ただ、鑑定所の老婆がその言葉を変えることはなかった。

「【ポーション作成】でそのレベルは最大のEX。どんな効果のポーションでも作れるというスキルじゃ」

どんなスキルにもレベルというものが存在していた。

そして、それはスキルを授かった時点で決まっており、使い方を鍛えることはできても、スキル自体の強さ、レベルは上げることができなかった。

一般的にレベル一から三は初級クラスのスキル。

レベル四から六は中級クラス。

レベル七から九は上級クラスと言われていた。

そして、レベル十は最上位クラスで、レベルEXは別格。

EXレベルだと、そのスキルでできることはなんでも可能……と言われていた。

ただ、そこまで規格外のEXレベルは、どのスキルでも一人しか出ない。

EXレベルのスキル……という時点で、本来なら喜ぶべきことだが、幼いときからずっと魔法のスキルが至高で、他のスキルはダメだと言われ続けてきたレフィにとって、魔法スキルじゃないというだけでがっかりと落ち込んでしまった。

(そ、そんな……。ポーションなんて、回復魔法があったら一切使うことのない、ちょっとした擦《す》り傷を治す程度の効果しかないものなのに……)

ポーションは魔力が尽きたときのための非常用の回復手段……。いくらレベルが高くても、その使い道は変わらない、と言われていた。

「う、嘘……だろ!?」

顔を真っ青にして、驚きの声を上げる父のライバルド・アールデルス。

しかし、老婆は低い声でもう一度伝えてくる。

「儂《わし》の魔法スキル【鑑定】はいかなる者の能力も見通す。その子の能力は間違いなく【ポーションョン作成】じゃ」

魔法……という言葉を聞いて、ライバルドはピクリと肩を動かす。

魔法スキルは絶対的な能力と信じるライバルドにとっては、その言葉は逆らえるものではなかった。しかも、この老婆の鑑定は今まで外れたことがないと有名な人物。

それは、ライバルドもわかっている。だから、老婆の言葉が本当のことだと理解した。

「……っ、帰るぞ!!」

ライバルドはレフィの腕を掴むと、怒りの表情を浮かべながら、家へと無理やり引っ張っていった。

◇

家に着くと勢いよく手を離される。

その勢いに耐えきれずに、レフィはその場で転《こ》けてしまう。

「痛っ！」

思わず声を漏《も》らしてしまうレフィ。

しかし、ライバルドはそんな様子を気にすることなく、声を荒らげていた。

「今ここでポーションを作ってみるんだ！」

今まで見たことのない父のその形相《ぎょうそう》に萎縮《いしゅく》しながら、レフィはポーションを生み出した。

作り方は簡単で手のひらを上に向けて、どんな薬を作りたいかイメージすればそれで作り出すことができた。

これもスキルを得た影響か、使い方はもともと知っていたかのようだった。

「ポ、ポーションです……」

恐る恐る差し出すが、それを受け取ることなくライバルドは手で払い退《の》けた。

「本当にただのポーションしか作れんのか！　魔法スキルを持たないお前なんかもう俺の子じゃない!!　出ていけ!!」

ライバルドが玄関の扉を開けて、外に出ていくように促《うなが》してくる。

「ま、待ってください。ポ、ポーション以外にも作ってみせますから――」

レフィが必死になって食い下がるが、ライバルドは聞く耳を持たなかった。

「もう聞きたくない。今ここで殺されたくないならさっさと出ていけ。アールデルス家の面汚《つらよご》しめ!!」

有無を言わさないその様子に、レフィはトボトボと玄関に向けて歩き出す。

すると、ライバルドが更に追い打ちの言葉を投げかけてくる。

「もう二度とうちの敷居をまたぐことは許さん！　あと、アールデルスを名乗ることもな」

こうしてレフィはアールデルス家を追い出されたのだった。

◇■◇■◇■

「お父様、レフィを追い出してしまってもよかったのでしょうか？」

アールデルス家長男のカインが不思議そうに訊く。

「あやつはアールデルス家の面汚しだ！　魔法スキルを持っていないなど言語道断だ！」

「でも、レフィの力は有用ですよ？　魔法が使えなくなったときの回復。あとはレフィ本人が攻撃の盾《たて》に。更にＥＸレベルのスキルということは、どのくらいのポーションが作れるか未知数ですから、飼い慣らしておくほうが良いかとも思いますが？」

「使用人とかならそうしておる。ただ、あやつはアールデルスの一員。魔法が使えないアールデルスがいるだけで、魔法の名家たる我が家の名が地に落ちる！」

聞く耳を持たないライバルドの言葉を聞いて、カインはため息を吐《つ》いた。

（どんなポーションでも作れる能力……ということは、本人がポーションだと思い込めば何でも作れる万能の能力のはずだ。それをみすみす追い出してしまうなんて――。魔法にばかり固《こ》執《しっ》していては、それこそ我が家の凋落《ちょうらく》につながるのでは……？）

カインは少し不吉な空気を感じて、表情を硬くしていた。

# 1 レフィ、神狼と少女を助ける

「はぁ……、これからどうしよう……」

ため息を吐《つ》きながら、レフィは一人町の中を歩いていた。

レフィがアールデルス家を追い出されたことはすぐに知られてしまったようで、町の住民たちがひそひそと内緒話をしていた。

そんな様子にレフィは居心地が悪くなってくる。

「とりあえず、食べ物を買うためにはお金を稼《かせ》がないといけないな」

一人で生活をしていく必要があるレフィにとって、食べ物の確保は死活問題だった。

着の身着のままで追い出されたせいで、ろくにお金も持っていないので、このままでは野垂れ死んでしまう。

「でも、どうすればいいのかな？　僕のスキルではポーションしか作ることができないのに。

……あれっ？」

ふと、レフィの脳裏に鑑定所の老婆の言葉が浮かんでくる。

『【ポーション作成】でそのレベルは最大のＥＸ。どんな効果のポーションでも作れるというスキルじゃ』

作れるのは回復に限らずに、ほかの効果を持っているポーションも作れる？

ためしに手のひらを上に向けて、ポーションを作る要領で、もっと回復力が強いものを作れるか試してみる。

（例えば……うん。手足が動かなくなった人たちを治せるレベルのポーションは？）

すると、あっさりポーションが生み出される。

見た目は中の液体の色が違うくらいでまったく同じに見えるが、うまくいった感覚があったので、ちゃんと回復力の強いポーションになっているのだろう。

（うん、デメリットは特になさそうだし、考えただけでいろんな効果のポーションが作れそう。次に……そうだね、例えば身体能力を強化するポーション……とかはさすがにできないよね？）

半信半疑で想像するレフィ。しかし、あっさり身体強化のポーションができてしまう。

（ちょ、ちょっと待って。これってものすごい能力じゃないの？）

さすがに回復以外のポーションまでできるのは予想外で、レフィは大きく目を開いていた。

（なんでもできる……。いろいろと試してみたいけど、ここじゃ人目がありすぎるよね。でも、この能力を使えば、お金を稼ぐことも簡単にできそうだ）

だいぶ元気を取り戻したレフィは、笑みを浮かべながら町の外へと飛び出していった。

◇

「えっと、ここはどこだろう……？」

意気揚々と町を出てきたレフィ。

すぐそばにある森でポーションの実験をしようとしたのだが、そのまま迷子になっていた。

「まぁ、そのおかげでいろいろ試すことができたんだけどね」

レフィの足下にはたくさんのポーションの空き瓶が転がっていた。

いろんな効果を試してみたが、普通に回復するものから、相手に攻撃を加えるもの、自身を守るもの……といった感じにポーションらしからぬものも多数存在した。

「でも、食べ物を作ることはできなかったんだよね」

出てくるのはあくまでポーションのみ。

あとは大きさや色は変えられるが、決まって透明な瓶の中に入れられていた。

瓶自体の強度はそれほどなく、落としたら簡単に割れてしまうので、この瓶自体を何かに使う……というのも難しそうだ。

（まぁ、瓶が出てくるだけでも驚きなんだけどね）

おそらくは大気中の何かを集めて、瓶にしているのだろう……というところまではレフィにも予測はついたが、瓶についてこれ以上考えても仕方なさそうなので、勝手に出てくる壊れやすいポーションの容器……くらいの認識で良さそうだ。

「飲み物だけはどうにかなるし、あとは食べ物を探さないとね」

ほぼ水の状態まで薄めたポーションを飲みながら、周りを見渡す。

「これだけ木があれば、どこかに木の実もあるよね？」

一本一本、調べながらレフィは更に森の奥へと入っていった。

◇

そして、しばらく探し回ると念願の木の実を発見する。

ただ、それはどう考えてもレフィには届かないほど高い位置に生《な》っていた。

こういうときに木登りが得意だったらよかったのだが、残念ながらレフィは運動全般はそこまで得意ではなかった。

（こんなときこそポーションだよね）

笑みを浮かべながら、生み出したポーションを木に向かって放り投げる。

ドゴォォォォォォン!!

ポーションは木に触れた瞬間に大爆発を起こしていた。

はじめ生み出せたときは『本当にポーションなの?』という疑問も浮かんだこの爆発ポーション。

でも、威力もかなり大きく、今持っている攻撃手段の中では最強に位置するものだった。

それを受けた木もメキメキ……、と激しい音を立てながら倒れていった。

「よし、これなら木の実も採《と》れるね」

転がっていた木の実を採ると、そのまま齧《かじ》りつく。

「うーん、なんだかしょっぱいな……。水っぽいし……。あまりおいしい木の実じゃないかも……」

初めて採取した木の実は、残念ながら好んで食べるようなものではなかった。

でも、爆薬で木の実を採取できると知ったレフィは見つけるごとに採っていった。

すると、夜になる頃にはお腹《なか》いっぱいで動けなくなるほど、木の実を食べていた。

「さて、今日はそろそろ寝ようかな……」

家のベッドを恋しく思うレフィ。

でも、ここにそんなものはないので、適当に草を並べて簡易ベッドを作り上げた。

ただ、その寝心地は家のベッドに大きく劣るものだった。

「……早く別の町に行って宿屋に泊まろう」

そう決意するとレフィはゆっくり目を閉じていった。

しかし、そのまま熟睡はさせてもらえなかった。

「グルァァァァァァァ!!」

目を閉じた瞬間に大きな咆哮《ほうこう》のようなものが聞こえてくる。

「な、何!?　何があったの!?」

慌《あわ》てて飛び起きるレフィ。

周りを見渡してみるが、すぐ近くには生《お》い茂る草木と簡易ベッドがあるだけで、ほかには何もなかった。

夜ということもあり周りは静かで、鳥の声すら聞こえず、光が届かない木々の奥は闇《やみ》が広がっている。

そんなときに突然、ガサゴソと草の揺れる音が聞こえた。

「だ、誰っ!?」

何が現れても対処できるようにポーションを生み出す準備をすると目を凝《こ》らせて先の方を見ようとする。

「こ、こんな時は――」

視力強化のポーションを生み出して、それを飲み、もう一度音のした方を見てみるとそこには白銀の毛に覆《おお》われた大きな狼が倒れていた。

あたりに血なまぐさい匂《にお》いが漂い、その見事な毛並みも自身の血によって今は赤く染まっている。

そして、その狼の目が何かを訴えかけていた。

「もしかして、僕に助けを求めてる？」

ゆっくりと狼に近づいていく。

近くに寄るとますます大きく見える。レフィの数倍はあるその体。

ただ、今は力なくぐったりと倒れていた。

「助けてくれ……」

「うわっ、喋《しゃべ》った!?」

突然語りかけられてレフィは驚き、一歩後ろに下がる。

「こ、怖がらなくていい。そ、それより助けてくれ……。報酬はいくらでも……」

すでに息も絶え絶えで、これ以上喋るとまずそうだ。

「いいから喋らないで！」

すでに瀕死《ひんし》の狼。……ただのポーションじゃ回復が追いつかない。

瀕死の狼にも効いて、完全に回復する効果を持ったポーション……。

想像するとその効果を持っていると思われるポーションが生み出された。

「これを飲んでください」

蓋《ふた》を開けて、狼の口の中に流し込んでいく。

瓶ごとでも飲み込めそうなほど大きな口だったが、それにしては薬の量が少しだった。

（本当にこれだけで大丈夫なのかな？）

心配するレフィだったが、狼の体はみるみるうちに癒《い》えていき、気がつくと傷一つない体になっていた。

「ふぅ……。もう大丈夫ですよ」

「あ、あぁ……」

どうしたのだろうか、狼の反応がやけに鈍《にぶ》い。

（もしかして、もう回復したから用済みだ……とか言われるのかな？）

思わず後退《あとじさ》るレフィ。

するとゆっくり狼が口を開く。

「助かった……。本当にありがとう。そなたは命の恩人だ」

緩《ゆる》やかに起き上がる狼。そしてレフィの前で頭《こうべ》を垂れていた。

（えっ……？）

何があったのかわからずに首をかしげるレフィ。

「えっと、頭を上げてください。僕はただ、ポーションを飲ませただけですよ？」

「そのおかげで私は助かった。我が一族の掟《おきて》に恩はしっかり返せとある。これからはそなたのために尽くさせてもらえないだろうか？　こう見えても役に立つと思うぞ？」

（えっと……、狼にポーションを飲ませたら仲間になっちゃった……？）

「って、ちょっと待って!!　僕のために尽くすってなに？」

「風前の灯火《ともしび》の中、命を救っていただいたのだ。このくらいして当然！」

狼はきっぱりと言い切ってしまう。

「はぁ……、納得はできないけどわかったよ。とりあえず、自己紹介だね。僕はレフィ」

「私は神狼《しんろう》だ。名前は特にない」

（名前がないんだ……）

「なんだったらそなたがつけてくれたらいい。その方が主従関係って感じが出るだろう？」

「……もしかして人に仕《つか》えたいの？」

「そ、そんなことあるはずない。私は神狼。数ある狼の中で最高の存在だ……」

必死に首を振ってくる。

（こうやって、一緒にいると楽しいかもしれない。でも、この姿だと町の中には入れないよね？）

「慕《した》ってくれるのはありがたいけど、僕は次の町を目指してるから……。ほらっ、その体じゃ、町の中に入れないでしょ？」

「むぅ……、それなら町の中では人の姿をすればいいんだな。魔力が回復したら見せてやろう」

「あっ、人化もできるんだね。それなら安心かな……」

「だろう。だから私も連れていくといいぞ」

なんだかいいように言いくるめられているような気がして、レフィは複雑な心境だった。

「……もしかして、次の町の場所とかもわかる？」

「次の町がどこかはわからんが、近くの町なら把握しているぞ。人の気配がたくさんあるところだろう」

「よし、一緒に行こう！」

レフィは笑顔で手を差し出した。

「あぁ、よろしく頼む」

狼はレフィの手に前足を載《の》せてくる。

「そういえば名前だったね……」

「あぁ、かっこいいのを頼む」

レフィは首をひねりながら考える。

（神狼だもんね……。オオカミ……ウルフ……フェンリル……）

「うん、リル……って名前はどうかな？」

「リル……。少し可愛らしい気もするが、そなたがつけてくれた名前だからな。大切にさせてもらおう」

口では渋々といった感じを出していたが、尻尾が激しく揺れている。

すごく喜んでいるのがわかるので、レフィも苦笑を浮かべた。

「そういえば、魔力がなくて人化できないんだったね。これを飲むと回復するよ」

魔力回復ポーションをリルに渡す。

ただ、今の狼の姿では蓋を開けることができないようだ。

前足を必死に動かしていたが、結局諦《あきら》めてレフィの方を見てくる。

「今、飲ませてあげるよ……」

仕方ないなと蓋を開けて、ポーションを飲ませてあげる。

「おっ、おっ……、これはすごい。本当に魔力が回復しているぞ」

驚きの声を上げるリル。

「それで人化を試せる？」

「あぁ、十分だ！　今、人の姿に変わってやる」


ボンッ！

小さい破裂音がして、リルが煙に覆われる。

（いったいどんな姿になるんだろう……）

レフィはワクワクしながら煙が晴れるのを待った。

「どうじゃ、この姿は」

ようやく姿が見えると、真っ白な毛が残ったまま人の大きさになったリルがいた。

確かに二足で直立してるし、人みたいだけど、どちらかと言えば獣人みたいなその容姿。

自信たっぷりのリルに対して、レフィは手で大きくバツを作ってみせた。

◇

「な、なぜだ、何がダメだったんだ……？」

結局リルには町へ入る時には小さくなってもらうことにした。

人化ができるから『もしかして、小さくもなれるんじゃないの？』って訊《き》いてみたら、手のひらに乗るくらいの子犬サイズになっていた。

（これなら、町を歩いていてもおかしくないよね？）

安心したレフィは早速、近くの町へ向かうことにした。

リルの背中に乗せてもらって、かなりの速度での移動。

リルが言うには、今日中に次の町に着くらしい。迷ってるうちに隣町のユーフェリアにずいぶん近づいていたようだ。

「そういえば、どうしてリルは怪我《けが》をしていたの？」

「あぁ、あれはな、盗賊に襲われたんだ。恐ろしく強い盗賊であった……」

リルのその言葉と同時にどこからか女性の悲鳴が聞こえてくる。

「きゃぁぁぁぁ！　た、助けてー！」

その声にリルの足が止まる。

「すぐ近くから声がしたな。どうする、レフィ」

「もちろん、助けに行くよ！」

「だと思ったぞ。私を助けてくれたそなただもんな。よし、しっかり摑まっていろ！」

リルは更に速度を上げて、悲鳴が聞こえた方へ向かっていく。

そして、すぐ近くまでたどり着くと、念のために木の陰に隠れて様子を窺《うかが》う。

「ひっひっひっ、こんなところで助けを呼んでも誰も来やしねーよ！」

盗賊と思われる集団が、少女にナイフを突きつけていた。

「わ、私を襲っても何も持っていませんよ」

「そんなことはない。その美貌があれば高く売り飛ばせるだろうな。ひっひっひっ」

いやらしい視線を少女に送っている。

淡い金色の長い髪や、今は土で汚れているが高そうな服装から、高貴な身分を連想させた。

そんな可憐《かれん》さを持った少女が「ひぃ……」と小さく悲鳴を上げていた。

「あの盗賊……、私を襲った奴らだ。レフィじゃ、おそらく太刀《たち》打ちできないぞ。どうするんだ？」

「相手は人だから無理に倒す必要はないよ。大丈夫、僕に任《まか》せておいて」

リルを安心させるように笑みを見せると、レフィは作り出したポーションを飲み込んだ。

その瞬間にレフィの姿は見えなくなる。

「な、なんだ、ど、どこに行ったんだ？」

「透明化の効果のあるポーションだよ。それじゃあちょっと行ってくるね」

姿を隠したレフィはゆっくり盗賊たちに近づく。

そして、盗賊たちの近くにポーションを撒《ま》いていく。

周囲を警戒している盗賊にポーションを飲ませるのは無理がある。

でも、わざわざ飲ませなくても、効果を発揮してくれるポーションがあった。

それが睡眠ポーション。

すぐに気化して、目に見えない煙が周囲を覆う。

それを吸い込んでしまうと一瞬で眠りにつくという特殊なポーションだった。

もちろん、効果はレフィ自身にも及ぶので、その煙を吸わないように、口に手を当てながら様子を窺う。

すると、予定通りにそのポーションの効果で盗賊たちはバタバタと倒れていった。

「えっ⁉」

その様子を眺めていた少女が驚きの声を上げる。

しかし、すぐに少女も眠りについていた。

◇

全員が眠ったのを確認した後に、レフィは透明化を消すポーションを飲み、姿を現す。

そして、少女だけには眠りを覚ますポーションを飲ませる。

「もう大丈夫だよ」

ゆっくり目を開ける少女に対して、レフィは安心させるように笑顔を作って言った。

「あ、あの……、た、助けていただいてありがとうございます」

事態を把握した少女は深々と頭を下げてくる。

「気にしなくていいよ。それよりもどうしてこんなところに？」

「は、はい。実は私たちは王都に向かうところだったのですが、その途中でこの盗賊たちに襲われまして……。護衛の者もいましたが、全員……」

少女が目を伏せた。

眠る盗賊たちの他にたくさんの人が倒れている。

神狼であるリルを倒すくらいの実力者。並の護衛だと歯が立たなかったのだろう。

でも、全員が命を奪われたわけではなく、かろうじて息がある者も何人かいた。

「とりあえず助かりそうな人は治していくよ。その間に君も……と、ところで替えの服はないかな？」

レフィは少し顔を赤くしながら、少女から視線を逸《そ》らした。

盗賊たちに着ていた服を破られたのか、少女の格好はボロボロで直視できるような姿ではなかった。

そのことに気づいた少女は顔を真っ赤にして、その場に座り込んで手で体を隠す。

「あとは……土を落とすならこの水を使ってくれていいからね」

極限まで薄めたポーションを渡しておくと、レフィはまだ回復できそうな人たちにポーションを飲ませていった。

◇

傷は治り、呼吸も落ち着いてきたが、護衛の人たちは当分意識を取り戻しそうになかった。

「本当に何から何までありがとうございます。このご恩は必ず返させていただきます……」

服を着替えた少女が再び頭を下げてくる。

その姿は思わずレフィが見惚《みと》れてしまうほどだった。

「き、気にしないでください。僕が勝手にしたことですから……」

「で、でも……」

「それじゃあ僕はそろそろ行きますね。盗賊もしっかり拘束しましたけど、念のために注意をしてください」

空気に触れると硬化するポーションを使って、盗賊たちは団子《だんご》状に固められていた。

顔だけは出ているが、身動きは一切とれないだろう。

「せ、せめてお名前だけでも……」

「僕ですか？　僕はレフィです……」

それだけ伝えるとレフィはその場をあとにした。

◇

（やっぱりお礼はもらっておいた方がよかったかな）

リルに乗り、近くの町へ向かいながら、レフィは少し後悔していた。

「まぁ、王都にいる子ならそのうち会うかもしれないし、今すぐにお礼をもらわないといけないわけじゃないもんね」

思わず呟《つぶや》くとリルがにやりと微笑んでくる。

「今じゃなくて、あとから利子をつけてもらうわけか」

「ちょっと待って！　それじゃあ僕ががめついみたいじゃないかな？」

レフィの回答が面白かったのか、リルは大笑いをしながら町へ向かって駆けていく。

そして――。

「あれがそなたの言ってた町だな？」

目の前に大きな町が広がっていた。

少し田舎《いなか》にあったレフィの住んでいた町とは違い、まだ離れている場所からでも喧噪《けんそう》が聞こえてくる。かなり栄えている町だった。

「大きな町だね。それじゃあ、そろそろ歩いていこうか。あっ、リルは小さくなってね」

「……わかった」

あまり小さくなることは好きではないのか、しぶしぶ承諾《しょうだく》してくれる。

そして、小さくなったリルは、先ほどまでとは逆にレフィの頭の上に乗った。

「よし、それじゃあ町に向かって出発だー！」

「おー！」

手を上げたあと、レフィは町へ向かって歩いていった。

◇■◇■◇■

「助かった……のか？」

盗賊に襲われた護衛の一人は、頭を押さえながら起き上がっていた。

（あの戦力を考えるとどう考えてもただの盗賊ではなさそうだった。高威力の魔法を操る大盗賊……いや、下手《へた》をするとどこかの暗殺集団か……）

ぼんやりとする頭で必死に状況を確認する。そこで自分たちが守っていた少女のことを思い出す。

「そ、そうだ、ひ、姫様は!?」

周りを見渡すと、そこには無傷で汚れ一つない少女の姿があった。

「ひ、姫様……、よくぞご無事で……」

まずは少女の安全を喜ぶ護衛。

しかし、それと同時に疑問が浮かび上がってくる。

盗賊たちはどこに行ったのだろうか？

「アラン、気がついたのね」

「はっ、肝心なときに姫様をお守りできずに申し訳ありません」

アランと呼ばれた護衛は頭を下げる。

「して、盗賊の連中は……？」

「そこに寝ていますよ。一応拘束もしてあるみたいだから……」

少女に言われて初めて近くに転がっている白い球が盗賊たちだということに気づいた。

しかも、彼らは気持ちよさそうにすやすやと眠っているようだった。

「これは……姫様が？」

「いえ、違います。レフィという少年が助けてくれたんですよ……」

（少年？　もしかして、高レベルスキルを持っている魔法使いなのだろうか？　でも、この能力はいったい？）

「その少年は魔法使いなのですか？」

「いえ、とてもそういうふうには見えなかったです。突然盗賊が眠ったり、何もないところから姿を現して、不思議な薬でみんなを治して、私に水を出してくれて、その上で盗賊たちも拘束してくれたのです」

「そ、それを本当にその少年が一人で行ったのですか!?」

今の話を聞いて、アランは少年が最低でも四種類の魔法を使ったのでは……と判断した。

相手を眠らせる風属性魔法。

姿を消す光属性魔法。

傷を癒やす回復魔法。

水を出す水魔法。


（でも、この盗賊を拘束している物体は何だろうか？）

見たこともない素材で、しっかりと拘束されている盗賊たち。

四種類の魔法に加え、見たこともない拘束魔法……。とんでもない実力の少年であろうことは容易に想像がついた。

「とりあえず、立てる者が全員目を覚ましたら王都に戻りましょう。このことをお父様に話して、是非ともお味方に――」

少女が頬《ほお》を染めながら回想に浸《ひた》っていた。

「たしかにこれほどの力を持つ者なら是非仲間になってもらいたいですな。しかし、国王様はどう判断されるでしょうか？」

「大丈夫です。私がお父様にしっかり今回の出来事を話させていただきますから……」

　ユーフェリアの町に入ると、その栄え具合はより一層わかった。

　地面は町全体に石畳が敷かれ、行き交う人々は楽しそうな表情を浮かべ、立ち並ぶ建物は堅固さと装飾性を兼ね備えた造りとなっていた。

　そして、すぐ近くには料理屋があるのか、香ばしいおいしそうな匂《にお》いが漂ってきて、レフィの腹の虫が小さく鳴った。

　それを少し恥ずかしそうにしながら、頭に乗っているリルに言う。

「まずは宿を探さないとだね」

「でも金はあるのか？　確か宿に泊まるには金がかかるんだよな」

「大丈夫、ポーションを売ってなんとか稼《かせ》ぐよ……」

「こんな平和な町でポーションが売れるとも思えないが？」

　確かに町中でポーションがいりそうなイメージが湧かなかった。

「だ、大丈夫だよ……。ま、まずは薬屋に行ってみよう……」

安くてもいいから買ってくれそうなところ……ということで薬屋をあげてみた。

ただ、町の入り口付近に薬屋の証《あかし》である瓶の看板を掲《かか》げた店は見つからなかった。

「あれっ？　薬屋は？」

「もっと、町の奥にあるんじゃないか？」

それからレフィは町の大通りを歩いて見て回った。

しかし、瓶の看板をつけた店はない。

「ど、どうして……？」

「もしかしたら、路地の奥に店を構えているんじゃないか？」

まさかここまで薬屋が見つからないとは思ってなかったレフィ。

少し焦《あせ》りながら路地を探し回り、ようやく薬の看板がかけられた店を発見する。

やけにボロボロな店で、客が入っているように見えない。

「く、薬屋には違いないよね」

不安な気持ちに襲われながらもレフィは店の中に入ろうとする。

「あ、あれっ？」

扉を開けようとするけど、鍵がかかっているようで中に入れなかった。

「そこの薬屋ならもう閉店してるよ。今時薬は売れないからね」

「えっ!?」

すぐそばにいた親切な女性が教えてくれる。

さすがに店自体が閉まっているのは予想外だった。

「どこか怪我《けが》したなら大通りに出てすぐの所に回復屋があるから、そこで回復魔法をかけてもらうといいよ」

「あ、ありがとうございます」

動揺で少し口ごもりながらお礼を言うと、ここにいても仕方ないので、一度大通りに戻ることにした。


再び大通りに戻ってくる。

武器屋、防具屋、回復屋、他にも宿屋、冒険者ギルド、料理屋などの店が並んでいる。

瓶の看板はなかったものの、どこかにポーションを扱っている店があるかもしれない。

そう思い、今度は店頭に置かれた商品をじっくり見ながら、歩いて回る。

でも、その一縷《いちる》の望みも砕かれて、ポーションが置かれている店はなかった。

「どこにもないね。……ちょっと人に訊《き》いてみるよ」

周りを見て、近くで商品の手入れをしていた屋台の男性に話しかける。

「すみません、この辺りでポーションが売れそうな場所ってありますか？」

「ポーション？　いや、さすがに売れないと思うぞ」

あっさりそう言われてしまう。

それを聞いてレフィは呆然としてしまったが、

「どうしても売りたいと言うのなら、この道の先にある何でも屋に行ってみるといい。あそこの老人なら一つくらいは買ってくれるかもしれないぞ」

手がかりになりそうなことも教えてもらったので、レフィは思わず目を潤《うる》ませる。

「あ、ありがとうございます……」

レフィは深々と頭を下げると、急いで教えてもらった何でも屋に向かう。

◇

教えてもらった何でも屋は、本当にいろんなものが置かれていた。

黒いガラクタや巨大な岩、さらには何に使うかわからないような人形や見たこともない文字で書かれた紙束。

そのほとんどがレフィから見れば、どんな価値があるものなのかわからなかった。

「すみません、誰かいませんか？」

店内に入り声をかけるが反応がなかった。

（も、もしかして、また閉店してるの？）

不安に思うレフィに対して、リルが鼻をヒクつかせながら教えてくれる。

「奥から人の気配がするぞ」

（もしかすると、僕たちに気づいていないだけかも）

商品をかき分けて、店の奥へと進んでいくと、そこには何かをしている老人がいた。

「すみません、少しいいですか？」

声をかけてみたが、よほど作業に集中してるのか反応がない。

ただ、近づいたことで何をしているのかわかった。

大鍋の中が焦《こ》げてしまったようで、それを磨いているようだった。

「くっ、厄介《やっかい》な焦げじゃ。これが簡単に落ちる洗剤でもあればいいのに……」

老人が呟《つぶや》く。

（もしかして、そんなポーションをあげたら話を聞いてもらえるのだろうか？）

早速、どんな汚れも落とすポーションを生み出す。

「これを使ってみますか？」

老人の目の前にポーションを差し出してみる。

「なんじゃ、お主《ぬし》たちは？」

ようやくレフィたちに気づいた老人。

「それよりその汚れを落とすんですよね。これを使ってみませんか？」

「……それは？」

「これは洗剤ですよ。その汚れにも効くと思いますけど」

その言葉を聞いた瞬間に老人はポーションを受け取っていた。

そして、それを一滴。鍋の中に落とし込むとすぐにその表情が驚きのものに変わる。

「な、なんじゃこれは！　こ、こんなものがあったとは……」

老人の目の色が変わり、一心不乱に鍋を洗い始めた。

それをレフィは終わるまで眺めていた。

数分が過ぎると老人が持つ鍋はまるで新品のように光り輝いていた。

「信じられん……。いったいどんな薬だったのじゃ？」

老人が鍋を見ながら驚きの表情を浮かべていた。

「無事に汚れも落ちましたね。それで僕のポーションを売りたいのですけど――」

老人に普通の回復系のポーションを渡そうとする。

「そんなものはどうでもいい。今さっきの洗剤は……、洗剤はもっとないのか⁉」

「あ、ありますけど……」

突然詰め寄られてたじろぎながら答える。

「それを一本売ってもらえないか。金は銀貨一枚……いや、二枚出そう。どうじゃ？」

この洗剤の価値がどのくらいなのかわからないため、反応がしづらかった。

とりあえず今の目的は宿屋だもんね。

「この町の宿屋って一泊いくらくらいですか？」

老人にとっては唐突に聞こえたかもしれないが、この洗剤の値段を決める上で重要な基準になるので訊いてみる。

「そうじゃな。多少の違いはあるが、だいたい銀貨一枚じゃ」

さすがに数日くらいは宿を借りておかないとまずいよね。

レフィは老人の目の前に先ほどの汚れ落としのポーションを三本出した。

「じゃあこれ三本で銀貨六枚……ならどうですか？」

老人に逆に提案してみると「いいのか？」と逆に訊かれてしまった。

レフィが頷《うなず》いたのを見ると老人はすぐに銀貨六枚を渡してくる。

「ありがとうございます」

レフィはポーション三本を渡すと頭を下げた。

「いや、わしの方がありがたい。また何かあったらいつでもうちの店へ来てくれ。あっ、ただのポーションにはさすがに銅貨一枚以上は出せんからな。宿代を稼ぐには百本以上いるぞ」

嬉しそうな老人に見送られて、レフィは宿屋を探し始めた。

◇

「ふわぁ……、柔らかい布団《ふとん》だー」

早速宿をとったレフィは、部屋に置かれたベッドへダイブしていた。

しっかり綺麗にされた布団からは太陽の香りのようなものを感じた。

「やっぱりベッドはいいよね」

ベッドの上でゴロゴロ転がっていると、リルが呆《あき》れたような声をかけてくる。

「そんなことをしていていいのか？　今回手に入れた金は六日分の宿代だけだろ？」

「でも、それだけの日にちがあればいろんなものを売ることができるよ。とにかく今は疲れを取る方が大切だよ。リルもゆっくり休もうよ」

レフィは自分の隣をポンポンと叩《たた》く。

「ふぅ……、仕方ないな」

リルは叩かれた場所へと移動すると一緒に眠りについた。

◇

翌日、レフィはお金を稼ぐ方法を探すために、昨日の何でも屋へと足を運んでみた。

結局、ポーションを売ることができなかったもんね。今日は一つくらい売らないと……。

そう思っていたのだが、何でも屋に着いた瞬間にそんな考えは消し飛んでしまった。

「そ、そなたは昨日の……。ま、待っておったぞ!!」

何でも屋に入った瞬間に老人が目の色を変えて近づいてくる。

「ど、どうしたのですか?」

「き、昨日の洗剤じゃ。あ、あれはもうないのか?」

三つ渡したはずなのにもうなくなったのかな? と首をかしげながらレフィは答える。

「一応ありますけど……」

「売ってくれ……。昨日の倍……、いや、三倍の値段を出す……」

(さすがになにかおかしい。何かあったのかな? リルも警戒しているみたいだし……)

不思議に思いながらも、とりあえず老人を落ち着かせるために話しかける。

「いったい何があったのですか? 詳しく話を聞かせてもらっても?」

「それがあの洗剤じゃが、魔法を使うより汚れが落ちるのじゃ……」

普通なら、どうしても落ちない汚れとかは魔法使いに頼んで、綺麗にしてもらう他に取る方法はない。でなければ頑張って自分でこすって落とすのだが、これがなかなか取れない上に、結構な重労働で老人にはきついだろう。

それに、魔法使いを呼んだとしても、あくまでも高圧力の水流で汚れを落とすだけ……。

その範囲は狭く、また、その魔法使いを雇うための費用もかなりかかる。一人雇うのに最低でも金貨数枚……。スキルレベルの高い者になると十数枚に届く場合もあった。

しかも、完全に汚れは落とすことができない。

この町に敷かれた石畳も、少しくすんでいるように見える。

ここまで整備されている町なら、普通は魔法使いを呼んで綺麗にしているはずなのに、完全に汚れが落ちていないのでこのようになっていた。

しかし、レフィのポーションを使えば、このくすんだ石畳もあっという間にきれいになるだろう。

レフィが用意したポーションは割高ながら、それでも魔法使いを雇うより安く、簡単に汚れを落としてしまうことで、欲しい人たちがすぐに買っていったようだ。

「本当なら、儂《わし》個人で使うつもりじゃったのだ。ただ、あまりにきれいに汚れが落ちるからつい自慢したくなってな。しばらくいろんな人に自慢をしていると、この洗剤を買いたいという人物が現れたのじゃ。しかも相手が……な。どうしても断れない相手で金もしっかり払ってきては断りきれなくて――」

老人は奥に置かれた金貨の方に視線を向ける。

断れない相手……貴族が無理やり買っていったのかもしれない。

ふと、レフィは自分を追い出した父親のことを思い出したが、首を振ってそのイメージを消し去る。

それと同時にある考えが浮かんだ。

（このポーションでかなりお金を稼ぐことができるんじゃないかな？　何をするにもお金は必要になるんだし、ここで稼いでおくのも悪くないかも……。それに、おじいさんのポーションを、貴族の人が無理やり高値で買っていったみたいだけど、それが普通の値段で売られるようになったら面白いよね……？）

レフィはニヤリと微笑むと老人に話しかける。

「わかりました。ただ、僕のお願いも聞いてもらっていいですか？」

考えがまとまったレフィは、老人の耳元に口を近づけると、小声で何かを話しだした。

◇

しばらくの間、老人の店を借りて本格的にポーションを売ることになった。

何に使うかわからない道具は奥に片付けて、店の前にはポーションだけ並べる。

「いらっしゃいませー！　何でも落とす不思議な洗剤ですよー！　是非見ていってくださいー！」

大声を上げてレフィが客引きをする。

老人に提案したことというのは、本格的にこのポーションを販売するから場所を貸してほしい。売り上げはレフィがもらう代わりに、老人にはポーションを毎日一本渡す。

本当なら売り上げは折半にしようとしたのだが、老人の方がそれよりも洗剤の方がほしいと言ってきたので、こういう形になった。

早速、今日の分のポーションを渡すと、訳のわからない道具とともに奥へと引っ込んでしまった。

どうやらそれらの道具の汚れを落としているみたいだ。

怪《あや》しげな表情を浮かべながら……、ただ嬉しそうに洗剤を使っていた。

「……中毒性はないはずなんだけどね」

老人の姿を見ていると少しだけ不安になる。

ただ、そちらを見ないようにしながら、店先で声を上げていると、早速近づいてくる女性が現れる。

「それ、洗剤らしいけど、いったいどのくらいの汚れが落とせるの？」

その質問を聞いてレフィはにやりと微笑んだ。

「では、少し試してみますね。例えば、町中に敷き詰められた石畳。長年の汚れで少しくすんでいますけど、この洗剤を一滴垂らしてみると——」

レフィがポーションを石畳にかけるとまるで新品みたいに輝き始める。

「このとおりです。一瞬で新品同様に早変わりです。一本銀貨一枚です。どうですか？」

昨日老人に売ったときの値段は銀貨二枚。ただ、これはあの老人がどうしても欲しいと言って値段を上げてくれたから……ということを考えると販売価格はこのくらいかなと思ったのだが──。

「えっ、そ、そんなに安いのですか？　とりあえず一本いただいてもよろしいですか？」

その言葉を聞いてレフィは驚いてしまう。

気がつくと、レフィの前にはポーションを買おうと行列ができあがっていた。

そして、あっという間に完売してしまった。

（ま、まさか、こんなに一瞬で売れてしまうなんて……）

思わずレフィは苦笑を浮かべてしまった。

◇■◇■◇■

「領主様、町で販売されていました洗剤をお持ちいたしました。どんな汚れも落とすと老人が自慢しておりましたが、それが事実ということがわかりまして、お持ちした次第にございます」

豪華な家具が多数置かれた部屋で二人の男性がひっそりと話し合っていた。

一人は少し痩《や》せていて、背が低めの男性で例のポーションを持っていた。

もう一人はちょっと小太りで豪華な服を着ていて、そのポーションを見てにやついている。

「ほう……、これは本当にどんな汚れでも落とすのか？」

「はっ、これを自慢していた老人というのが、何でも屋の老人でして――」

「あの変わり者のジジィか……。本当に信用できるのか？」

「それがあの老人の店に置かれていたガラクタがまるで宝石のように輝いておりまして……。ものは試しに実際に汚れが落ちるところをお見せしましょう」

ポーションを持った男性は黄ばんだボロボロの布きれを取り出す。

「うっ……」

小太りの男はそのぼろぼろの布きれから漂う匂《にお》いに思わず鼻をつまんでしまう。

「この見た瞬間にボロボロとわかる布きれに洗剤をかけると……」

ポーションの液を垂らした瞬間に布きれは真っ白なタオルに姿を変えていた。

「見てのとおりにございます」

「……これは金儲《かねもう》けの匂いがするな。早速その洗剤を買い占め……、いや、これを作った者を連れて参れ！」

「はっ、かしこまりました」

ポーションを持った男が出ていくと小太りの男は口元をつり上げた。

◇■◇■◇■

レフィのポーションの売れ行きは思いのほか好調で、気がつくと大量の金貨が貯まっていた。

「こんなに売れるなんて予想外だったね」

「……ちょっと心配事もあるけどな」

順調にお金が貯《た》まっているのにリルの表情は浮かないものだった。

「それって、最初におじいさんからポーションを買っていった人のことだよね？」

「そうだ。もし、レフィに手を出そうとするなら、その時は私が元の姿に戻って――」

「それはダメだよ！　心配しないで、僕に考えがあるから」

「大丈夫か？　いきなり襲われる可能性もあるんだぞ？」

「うっ……、い、一応注意しながら販売するよ」

「あぁ、私の方も念のために警戒しておく」

「うん、よろしく頼むよ……」

少し不安になったレフィは、青白い顔をしながらリルに対して頭を下げた。

◇

翌日もレフィは同じようにポーションを販売していた。

使った人が噂《うわさ》を流してくれたのか、客足は昨日より更に多くなり、前もって準備したポーションでは足りなかった。

「うーん、もうお店を閉めてもいいけど……」

ポーションを欲しがっている人はたくさんいる。

それを見たレフィは、少し考え込んでしまう。

（さすがにこれだけの人に帰ってもらうのは申し訳ないよね。今から作るしかないかな）

ただ、人前でポーションを作ると騒ぎになる。

レフィは店の奥に行き、そこでポーションを作ることにした。

ただ、それでもすぐに売れてしまうので、数がまったく足りない。

「人も雇った方がいいのかな？　リルはどう思う？」

「……」

リルに話を振ってみるが、返事がなかった。

「リル……？」

「……な、なんだ？　あ、あぁ……、店を閉めるのか」

全然話を聞いていなかったようで、まったく違うことを言ってくる。

さすがにこんなリルは見たことのないレフィは、不思議に思って訊いてみた。

「何かあったの？」

「いや、なんか怪しい気配を感じただけだ。ただ、襲ってくるような雰囲気でもなかったからな」

　どうやらリルは周りの警戒をしていたようだ。

（襲ってこないなら、おじいさんの言う「断れない相手」ではないのかな？）

　レフィも同様に周りを見てみるが、普通に人が行き交ってるだけだ。

　それ以上のことはわからなかった。

「その怪しい気配ってどこらへんからするかわかる？」

「あぁ、それは任せておけ！」

「それなら――」

　透明化のポーションで姿を消すと、怪しい気配がするという場所へと向かう。

　そこにいたのは細めの男性で、必死に姿が消えたレフィを探しているようだった。

「この人？」

「……あぁ」

　リルは頷いたが、レフィに心当たりはなかった。

「この人、知らないなぁ……。どうして僕を探っていたのだろう？」

　不思議に思っているとその手に握られたポーションの瓶を発見した。

（もしかして、ポーションを買ってくれた人なのかな？　でも、こんな人、見たことないよね？）

つまり、老人から買い取った人物だろうと想像できた。

「断れない相手」の手下……と見るべきだろう。

「くっ、逃がしたか。明日こそはこの薬を作った人物を見つけ出してやる！」

（なるほど、僕を見張っていた理由はそういうことなんだ）

「どうする？　やってしまうか？」

「ダメだよ。とにかくあとを追いかけてみよう……」

男性のあとについていくと、町で一番大きな館の中に入っていった。

「ここは領主さんとかの館かな？」

「敵のねぐらか。……この館ごと壊そうか？」

「いやいや、そんなことしたら騒ぎになるよ。今日は場所がわかっただけで充分だから一日帰ろうか」

レフィは小さく微笑んでいた。

（僕のポーションを買った相手のことは確認できたね。あとは、いつ動くか……）

念のためにレフィはあの館について、何でも屋の老人に確認した。

「あの大きな館の主《あるじ》？　確かにあそこは領主様の館じゃが……。悪いことは言わん、近づかない方がいいぞ」

老人は心配そうにレフィを見ながら言ってくる。

「……あまりいい人ではないのですか？」

「あぁ……。ただ、あまり大声で言うでないぞ。とにかく金に汚く、欲しいものは手に入れないと気が済まない人物じゃ。前の領主様は温和で優しい方であったのだが、一月《ひとつき》ほど前から行方《ゆくえ》不明でな。その息子が今の領主様となっているが、家臣の者たちも嫌気がさして逃げ出してるともっぱらの噂なんじゃ」

老人はレフィに近づいて小声で教えてくれる。

「それで領主さんが洗剤を買っていったのですね。使用人が少なくなったから、館とかを掃除するために……」

「……気づいておったか。この町に住んでいる限り、領主様には逆らえん。儂みたいな老人は追い出されたら野垂れ死ぬしかなくなってしまうからな」

それで手離したくはないけど、嫌々ポーションを売ったんだな。

「わかりました。僕の方で何か対策を考えてみますね」

「い、いや、絶対に手を出すんじゃないぞ!?　領主様相手に何かできるはずがない……」

心配そうに言ってくる老人。

ただ、レフィはどうやって領主を懲《こ》らしめるかと考えてその言葉は耳に入らなかった。

◇

翌日もレフィはいつもと同じように、ポーションを販売していた。

「いらっしゃいませー。とっても汚れがよく落ちる洗剤ですよー！」

大きな声で宣伝していると、昨日の男性が店に近づいてくる。

「店主はいるかー!!」

レフィのことを無視して、店の中に入って大声を上げる。

「なんじゃ……。あ、あなたは……」

「何でも屋、お前は領主様を謀《たばか》った疑いによりついてきてもらう！」

「えっ……、それはどういうことじゃ？」

あまりに突然のことに困惑《こんわく》する老人。

しかし、男は口元をつり上げて答える。

「お前はたくさんある洗剤をあたかも少量しかないようにごまかして、領主様へ売りつけた。これを謀りと言わずに何と言う！」

「そ、そんな……」

顔を青ざめさせる老人。

さすがに今のは無理がありすぎるのでは、とレフィは老人と男の間に入る。

「ちょ、ちょっと待ってください！　洗剤を持ってきたのは僕ですよ？　この人は関係ないです！」

すると男は信じられないものを見る目で、レフィのことを眺めてくる。

「ほう……。では老人は捕らえ、お前にも一緒に来てもらおうか！」

老人を縛り上げる男。どうやらまともに話にならないようだ。

「どうする？　私がやろうか？」

「リルは見てて。このくらいなら僕だけで大丈夫だから……」

仕方なくレフィは黙って従うように見せかけて、男の方に近寄っていく。

「そうだ、素直に言うことを聞けば悪いようにはしない」

にやにやと笑う男。

おおかた、領主のもとにレフィを連れていって、褒《ほ》められることを考えているのだろう。

男に見えないように、レフィは一本のポーションを作り出しておいた。

ただ、男は素直に従っていると思い、そのことに気づかなかった。

そして、男のすぐそばまで寄ったタイミングで、ポーションの蓋《ふた》を開け、男に振りかけた。

「な、何をする……ん……だ……」

ポーションをかけられた男は一瞬慌てたが、すぐにその場に倒れてしまった。

「今のは眠り薬か？」

男を店の奥に隠している時にリルが訊いてくる。

「違うよ。あれはただの、とっても臭《くさ》い薬だよ。浴びたら気絶してしまうほどのね」

軽く舌を出すレフィ。

それを聞いてリルは男に鼻を向けるが、すぐに顔を背《そむ》けてしまう。

「くさっ!!」

「でしょ。これなら別のところに行こうとしても匂《にお》いで気づくし、これからすることの邪魔もできないだろうからね」

「なるほどな……」

必死に鼻を逸《そ》らしながら話すリル。

そして、男をとりあえず隠し終えると、しっかり拘束のポーションをかけて動けなくした上で、老人のもとに駆け寄った。

「大丈夫ですか？」

「あぁ、儂は大丈夫じゃが……、問題はお主《ぬし》じゃな」

老人は拘束を解かれるとレフィに向けて心配そうな顔をする。

「とにかくすぐにこの町を出るんじゃ。領主様の家来を倒してしまったのじゃから、きっと極刑に処されてしまうぞ」

顔を青くする老人。

しかし、レフィは安心させるように笑みを見せる。

「大丈夫ですよ。今から領主さんとは話をつけてきますから……」

「いったい何をするんじゃ……」

老人が声をかけるが、レフィはそれ以上何も言わなかった。

◇

レフィは老人と別れたその足で領主の館へとやってきた。

「まっすぐに来てよかったのか？」

「うん、本当ならあの匂いのポーションは領主さんに使おうと思っていたのだけどね。でも、僕のお世話になった人を困らせるなら、あの程度で済ませられないよね？」

「……無理はするなよ。いざという時は私が元の姿に戻るからな」

「うん、そうならないように用心するよ」

リルの注意を聞き流すとレフィはノッカーを鳴らす。

コンコン……。

しばらく待つが誰も出てこない。

「……」

「あれっ？」

首をかしげるレフィに対してリルが答える。

「館の中には一人しかいないぞ？　いや、地下に数人の気配もあるな」

しばらく待っているとようやく人が近づいてくる。

ただ、外にも聞こえるほど大きな悪態をつきながら向かってきた。

「なんでこの領主たる私が客の出迎えなんてしないといけないんだ！　これもエリックがいなくなったせいだ！　洗剤の作り手を探すと言っておったのに、どこにいるんだ!!」

そして、勢いよく扉が開く。

「わっ……」

レフィは慌てて扉を避けると、そんな彼を見た領主は鼻で笑った。

「なんだ、ただのガキか……。人の家で遊ぶな！　あっちに行け！」

虫でも追い払うかのような仕草をしてくる領主。

「いえ、僕は領主様にお話があって来たんです。少しいいですか？」

「私はお前と話をしている時間なんてない!!」

きっぱりと言い放つ領主。もう話すことはないと言わんばかりに館の中へ戻っていこうとする。

「もし、町で流行《はや》っている洗剤のこと……と言ってもですか？」

それを聞いて領主は足を止めた。

「……今なんと言った？」

「この町で流行っている洗剤……と言いました。それの作り方を僕は知ってます」

すると領主がようやくレフィのことを見てくる。

「……詳しく聞かせろ。いや、ここじゃ駄目だな。中に入れ！」

「それじゃあ失礼します」

領主のあとに続いてレフィも中に入っていく。

「レフィ、気をつけろ。いやな予感がする……」

リルが注意を促《うなが》してくる。

「うん、大丈夫だよ。それに地下の気配、そのままにするわけにはいかないんでしょ？」

「そうだな……、生きているには違いないがかなり弱っている。私が見落としそうになるくらいだからな。早く手を施《ほどこ》さないとまずいだろう」

領主に聞こえないように小声で話す。

（リルが感じた気配の正体は……多分前の領主さんだよね）

レフィは少し考えながら対策を練っていた。


地下への行き方がわからない。

人を捕らえた罠《わな》がわからない。

罠以外になにか別の力……例えば領主のスキルがあるかもしれない。


（地下へ行くには、人を捕らえる罠を発動してもらえばそれでいいはず……。でも、領主さんのスキルがわからないもんね。うん、警戒しておいて損はないかな）

「何かあったときは守ってね」

「あぁ、任せろ！」

いざという時のために、リルに声をかけておいた。

◇

レフィが案内されたのは客間だった。

豪華なソファやテーブルなどが置かれている広い部屋なのだが、その中に二人だけでいるとさすがに不気味である。

「そこに座るといい」

領主が促してくるので、レフィはソファに腰掛ける。

すると、リルが耳元で小さく呟いてくる。

「ちょうどこの真下だな。気配があるのは……」

（つまり、この部屋には何か仕掛けがあるんだね。行き方がわからないなら、むしろその罠を仕掛けてくれれば——）

領主がその向かいに座ると身を乗り出すように訊いてくる。

「それで洗剤のことだ！　さっきは何を言おうとしていた？」

「実はあの洗剤は僕が作ったものなんですよ。何でも屋のおじいさんには場所を借りていただけで、無関係ですよ」

一応老人には迷惑がかからないように、そこを強調して伝える。

ただ、そう簡単には信じてもらえなかった。

「言葉だけじゃ信じられないな。いや……、お前どこかで会ったことないか？」

領主がじっくりレフィのことを見てくる。

レフィは男爵家の五男だったわけだから、この男とはどこかで会っていてもおかしくない。

だが——。

「気のせいだな」

あっさり結論づけていた。

レフィ自身も覚えていないくらいだから、無理もないだろう。

「これを見てください」

レフィはポーションをテーブルに置く。

「これは洗剤と言っていますけど、正式名称は汚れ落としのポーションです」

じっくりポーションを見る領主。

「確かに本物だな。だが、それをお前が作ったという証明はできないだろ?」

実際に目の前で作ってみせてもいいんだけど……。

ちらっとリルの方を見ると首を横に振っていた。

どうやらスキルを使うところは見せるな、と言っているようだった。

「ええ、証拠はないです。だから信じてもらうしかないですね……」

領主はレフィのことを食い入るように見つめてくる。

「わかった。お前の言うことを信じてやろう。だから私のために洗剤を作るといい」

領主の目が怪しく光る。

その瞬間に、パッと人くらいのサイズまで大きくなったリルが前に出て、レフィを守る。

「おい、何を発動しようとした?」

鋭く領主を睨《にら》みつけるリル。すると領主は手を顔に当てて急に笑いだす。

「くくっ、気づかれたか。もう少しで私のスキルを使えたんだがな」

「……おおかた催眠系のスキルなんだろ？」

リルが見破ってくれてよかった。

一応、怪我や病気になったとしても治せるようにレフィは対策はしていた。

でも、それはあくまでも一度受けた上で治すわけだから、意思の自由が奪われる催眠系のスキルでは役に立たなかった。

「まぁ、チャンスはいくらでもある。それにそんな狼を隠し持っているとわかった以上、暴れられても困る。そこでおとなしくしているといい」

領主が立ち上がったかと思うと、壁に隠されたボタンを押す。

その瞬間にレフィの足下にポッカリと穴が開き、落ちていった。


「こうも狙《ねら》いどおりにいくとはね」

地下に落ちたレフィは呆れ顔を浮かべた。

「まだこれからだ。どうやら、ここはほかの奴らがいる場所とは違うようだ」

リルの言うとおり、落ちた先は出口のない閉鎖された空間だった。

レフィと、少し大きくなったリルだけで身動きがとれなくなるほど狭い場所。

しかも周りは石の壁で覆《おお》われて、リルの力でも壊せそうになかった。

「私がもっと大きくなって抜け出そうか？」

「リルが大きくなったら、挟まって余計に抜け出せなくなるんじゃないかな？」

「……」

今もレフィ一人が立っているのがやっとなのだから、元の大きさのリルが動けるとは思えない。

「それよりもここからどうやって気配のした方向へ行くか……だよね」

動ける範囲で壁を叩いていく。

しかし、返ってくる音はどれも同じだった。

(何も隠されてはいなさそうだね)

「うーん、どうしようかな」

抜け出す方法はあるけど……考えていると再びリルが言ってくる。

「この壁の隣から何かの気配がするな」

どうやらそこに気配がした人たちがいるようだった。

でも、すぐ近くにいるなら、爆発させて壁を壊すわけにもいかない。

第一、そんなことをしたら壁に密接してるレフィ自身も巻き込まれてしまう。

「それならあまり派手に壊す方法は使えないね……。これならどうかな」

レフィは新しくポーションを作り出し、それを壁にかけるとゆっくり石が溶け始めた。

「石を溶かす薬だよ。ちょっと危険だから絶対に触らないでね！」

そっと前足を伸ばしていたリルに注意を促す。

すると、慌ててそれを引っ込めていた。


しばらくして、壁を完全に溶かし終えると隣の少し大きな……、逃げ道のない部屋に続いていた。

「おや、君は……確かアールデルス家の？」

この部屋には何人かの男女が捕らえられていた。

近くにいた初老の男性が、レフィに対して話しかけてくる。

「えっ!?」

突然実家の名前を言われて、レフィは思わず声を漏《も》らしてしまう。

「ひ、人違いじゃありませんか？」

「そんなことはないはずだ。たしか、以前王都であったパーティーに顔を出していただろう？

その時に自己紹介をさせてもらっていたはずだが……」

レフィが記憶をたどると、親しげに話しかけてきた老人がいたことを思い出す。

（名前は確か、ユウス・ワール。確かユーフェリアの町の領主と言っていた。つまり、この人

が本当の領主だったんだ……。たしかに会ったことがあるみたいだけど、今の僕はもう実家とは関係ないもんね）

「人違いですよ。アールデウス家って魔法の名家ですよね？　僕は魔法なんて使えませんから……。それよりも体のほうは大丈夫ですか？」

「――いや、そろそろ限界に近い……。ただ、私は他の皆が隠し持っていた食料のおかげでまだマシだが……」

まだ喋《しゃべ》れる元気があるユウスとは違い、周りの人たちは目を開けているのがやっとの様子だった。

「ちょっと待っていてください。今、ポーションを準備しますから……」

「いや、傷を受けたから弱っているんじゃなくて――」

「わかってますよ。とりあえずこれを飲んでください」

なんにせよ時間がなさそうなので、有無を言わさずに新しいポーションを作り出す。

出したのは栄養ポーション。

ただし、即効性のあるもので、今の彼らみたいに栄養不足で今にも事切れそうな人たちでも一瞬で元気にすることができるものだった。

「これは……魔法？　ではないな。いったい君は？」

ユウスに不思議そうな顔をされる。

「僕はレフィと言います。今は何でも屋の店員をして、ポーションを売っています」

順番に倒れている人にポーションを飲ませながら説明する。

「レフィ……か。でも、今のは魔法じゃないか……」

首をかしげるユウス。

その間に、全員にポーションを飲ませ終わる。

「あなたも飲んでください」

「ありがとう……。でも、私は大丈夫だ」

よろよろとした体つきで起き上がるユウス。

しかし、すぐに倒れそうになってしまった。

「だから飲んでください！　それでゆっくり休んでください。僕たちは行くところがありますので」

ようやく受け取ってくれたユウス。それを飲み干すとすぐに体調が戻ったようだった。

「行くところ?」

「ええ、こんなことをした領主様は反省させないといけませんので」

レフィが気づいたからよかったものの、もしこの町にも来なかったら彼らは——。

そう思うとこのまま放っておくわけにもいかなかった。

「それならなおさら私も連れていってくれ。私には事の顚末《てんまつ》を見届ける責任が——」

ユウスの決意のこもった目を見るとレフィはため息を吐いて言った。

「わかりました。無理はしないでくださいね。あと別のポーションも飲んでください」

もう一種類、別のポーションを取り出してユウスに渡す。

レフィも同じものを飲んでおく。

「でも、ここからどうやって出ていくんだ？」

「うーん、ここって地下ですよね？」

「あぁ……」

違う可能性も考慮していたが、ユウスはあっさり答えてくれる。

「わかりました。では、飛んでいきましょう」

「えっ!?」

ユウスは驚きの声を上げていた。

◇

更にもう一種類、空が飛べるようになるポーションを作り出すと、レフィたちはそれを飲む。

すると背中に真っ白な羽が現れて、ゆっくり体が浮かんでいく。

「と、飛んでる!?」

ユウスは再び驚きの声を上げた。

「それじゃあ一気に行きますよ！」

レフィたちは地下から一気に地上へと上昇していった。

もちろんその境には扉があったが、それは先ほどの壁と同じように溶かす。

そして、領主がいた部屋へと戻ってきた。

◇

突然、足下から現れたレフィたちを見て領主は驚きのあまり尻餅《しりもち》をついていた。

「な、なんだ!?　ど、どうしてここに戻ってこられたんだ！」

「うーん、ポーションで？」

素直に答えるが、領主は信じていないようだった。

「何をふざけたことを！　いいから『牢に戻れ!!』」

領主の目が赤く光る。

（もしかして、これが僕にかけようとしていた催眠系のスキルなのかな？）

ユウスは目を閉じてぐっと堪《こら》えていたが、特に異変はなかった。

それで、催眠が効かなかったのはレフィが何かしたからだと、ユウスは理解した。

「なっ!?」

　催眠が効かなかったレフィたちに驚く領主。

「いい加減にしろ!!」

　ユウスが領主に対して思いっきり殴《なぐ》りかかった。

「ひっ、ど、どうして、俺の催眠が効かないいんだよー」

　ユウスに殴りつけられると、急に領主の言葉遣《づか》いがおかしくなる。

「えっ、催眠が効かない理由？　ここに戻ってくる前に催眠無効のポーションを飲んだからですよ？」

（さすがにたくさん飲みすぎてお腹が苦しい。一度に何本も飲むものじゃないね）

　それを聞いてユウスは大声で笑って言った。

「ははは、そうかそうか。まさか、そんな効果のポーションがあるなんてな。先ほど飲んだ一つがこれだったんだな。おかげでじっくり説教ができる」

「や、やめろ、お、俺は何も悪いことは……」

「その先はじっくり聞いてやる。じっくりな……」

　無理矢理引きずられていく領主。

　レフィに助けを求めていたようだが、領主には反省してもらいたいのでその手を取ることはなかった。

そのまま部屋を出ていこうとするユウスだったが、扉を潜《くぐ》る直前に振り向いてくる。

「レフィくん、よかったら下に残された彼らも助けてもらえないか？　私の大事な部下たちなんだ」

「ええ、もちろんそのつもりですよ」

「ありがとう、お礼はあとでさせてもらうよ。今はこの馬鹿をなんとかしないとな」

今度こそ領主が出ていこうとするので、レフィは一本、ポーションを渡しておく。

「これをかけると拘束することができますので、いざというときに使ってください」

「あぁ、助かるよ」

ユウスが出ていったあと、レフィは再び地下に戻り、そこの人たちを客間に運んできた。

◇

しばらく待っているとユウスが戻ってくる。

「あの、領主様は？」

「あぁ、バカ息子か。しっかり叱《しか》りつけたあと、あの拘束の薬を使わせてもらったよ。あとはしかるべきところに連れていって罪を問うつもりだ」

遠目で見ると領主が目を回して倒れているのが見えた。かなり手厳しく扱ったのだろう。

これで一件落着のようだ。

「それでは僕はこの辺で失礼します」

用も済んだので、さっさと帰ろうとしたのだが、それはユウスが止めてくる。

「ちょっと待ってくれ。まだ礼も済んでいない……」

「でも、今はいろいろありましたのでお疲れだと思います。ゆっくり休んでください。お礼の方はまた後日でいいので」

「すまない……。必ずやお礼を渡させてもらうから……」

ユウスももう体力の限界だったようで、あっさりレフィの提案を受け入れてくれる。

「では、僕は失礼しますね」

「本当にありがとう」

再び頭を下げてくるユウスに見送られて、レフィは館をあとにした。

そして、宿には帰らずに、そのままレフィは町を出ていった。

「本当に出てきても良かったのか？　お礼ももらってないけど？」

「うん、だってあのもともとの領主様……、僕の正体に気づきかけてたよ。下手にバレてしまうと家を出た事情とか調べられて厄介《やっかい》なことになるかもしれないからね」

昔に会ったことがあり、自分のことを覚えているユウスならそれも十分に考えられた。

父、ライバルドより身分も力もある人物に味方になってもらうまでは下手に家名を明かすべきではないだろう。

「あのユウス……って人に後ろ盾《だて》になってもらうのは、駄目だったのか？」

「すごくいい人そうだったよね。でも、催眠スキル持ちの息子に後《おく》れをとるなら心細いよ。だって、お父様の魔法スキルはかなり高いから……」

昔に話だけは聞いたことがあった。

ライバルドの魔法スキルは七。上位クラスの魔法を使いこなせる。

この国でもかなり強い魔法使いみたいで重宝されている……と本人が話していた。

「とにかく、次の町に向かおうか。リル、場所はわかる？」

「あぁ、もちろんだ。それにしてもこの姿に戻るのも久しぶりだな」

リルは元の大きな姿に戻っていた。

その背中によじ登ると次の町へ向かって出発した。

◇■◇■◇■

実の息子を牢屋に囚《とら》えたあと、再び領主の座に戻ったユウスは部屋の中を落ち着きなく動き回っていた。

「どうしてだ？　私が何かしただろうか？　あの少年……、レフィがいなくなってしまうなんて……」

あの日、ゆっくり休んだユウスは次の日、レフィにお礼をすべく何でも屋に足を運んでいた。

「すまないが、レフィという少年はいるか？」

店の前にいた老人に確認をする。

「いや、今日は来ておらんが……。って、あなたは領主様。ご、ご無事で何よりです……」

老人は目に涙を浮かべて喜んだ。

「あぁ、町の皆にはバカ息子のせいで迷惑をかけてしまったな。今後はこのようなことがないように徹底させてもらうから、安心するといい」

「ははーっ。そ、そうじゃ、レフィと言えば、奥に彼が捕らえた者がおりますが、いかがいたしましょうか？」

「連れてきてもらえるか？」

「はっ、今すぐに」

老人は嬉しそうに店の奥に入っていく。

そして、すぐに団子状の男を連れてくる。

「この者なのですが、一日たってもこの拘束は解けず、どうしようかと思いまして……」

「よし、それならばこの者も私の方で預からせていただく。大儀であった。これは礼だ」

ユウスは老人に数枚の金貨を手渡す。

「こんなにいただいてよろしいのでしょうか？」

「よい、そちにも迷惑をかけただろうからな。その代わり、もしレフィという少年がここに来たら一報をいただけるだろうか？」

「かしこまりました」

何でも屋の老人に話したあと、ほかにレフィが行きそうな場所を探していった。

宿屋、料理屋、冒険者ギルドなど……。

しかし、そのどこでもレフィを見つけることはできなかった。

（どこに行ったんだ？　も、もしかしてもう町を出てしまったのか？　それなら門番が見ているかもしれないな。よし、行ってみるか）

今度は町の出入り口に向かう。

◇

「えっとレフィという少年……でしょうか？」

「あぁ、特徴は……特徴は……そうだ、彼は白銀の小さな犬を連れていた。そんな少年が来なかったか？」

するとと門番はピンときたようでレフィたちが向かった先を指さした。

「彼らならあちらの方向へ進んでいきましたよ」

「やはりか……」

しっかりお礼をして、その上で私にできることなら彼の力になってあげたかった。

いや、彼ならいつか戻ってくるだろう。

そのときにしっかりとお礼ができるように手を尽くしておこう。

「それがレフィにできる唯一《ゆいいつ》の恩返しだからな……」

「あなた、なにを読んでいるのですか？」

「あぁ、旧友から久々に手紙が届いたんだ。なんでも面白い奴を見かけたらしい。ただ、それで気になることがあるから訊《き》いてきたみたいだ」

ライバルドは手紙を妻のミリサに渡す。

それを受け取ったミリサは初めから読み始める。

「えっと、これは隣町のユーフェリアから来た手紙ですね。送り主は……ユウス？　ユウスさんって確か領主の……？」

「あぁ、こいつが昔からの知り合いなんだ」

「そうなんですね。……えっ!?　レフィという子に助けられた？」

「あぁ、どこでその名を知ったのか、そんなことが書かれていたんだ。内容は酷《ひど》いものだったぞ。あの魔法も使えない出来損《できそこ》ないが、そんなことができるはずないのにな」

そこには、ポーションでは成し得ない様々な能力について書かれていた。

「魔法でない、ただのポーションにこんな力があるはずないだろ」

その手紙を鼻で笑いながら、ライバルドは席を離れる。

「この手紙はどうしますか?」

「その辺にでも捨てておくといい。それより王都へ向けて出発するぞ。なんでも王女様がパーティーを開くらしいからな」

「わかりました。では私たちも準備をしますね」

「頼んだ……」

ミリサは手紙を捨てようとしたが、それでもここに書かれている出来事が嘘には思えなくて結局自身の手元に保管することにした。

◇■◇■◇■

レフィは心地よい陽気を全身に浴びながら、リルの背中にしがみついていた。

「今日は気持ちいいね……」

「寝転がるのはいいが、落ちるなよ」

リルが注意を促《うなが》してくる。

かなりの速度を出しているので、背中から落ちでもしたら相当痛い。

「大丈夫だよ、しっかり摑んでるから」

「それならいいが、急に止まることもあるからな」

それを聞いたレフィは顔を上げて、改めてしっかりとリルの体を摑んだ。

「それにしても遠くで変な音が聞こえるね」

爆発音が幾度となく響いている。

「あぁ、向こうの方で何かが戦っているからな。巨大な生物と複数の人の気配がするぞ」

「巨大な気配？」

「あぁ、この大きさになるとドラゴンとかだろうな。あいつらの肉はうまいんだが、なにぶん能力が高い。まともに戦うと私でも歯が立たない。下手《へた》に近づかない方がいいだろうな……。いや――」

リルが立ち止まり考え込む。

急に立ち止まったことで危うく振り落とされそうになったレフィが眉をひそめる。

「どうかしたの？」

「あぁ、確かドラゴンは鼻先に衝撃を受けたら怯《ひる》んでしばらく動けなるはずだ。もしかすると、レフィのあの爆発する薬を使えば――」

つまり、爆発ポーションを使えば美味《おい》しいドラゴンを捕まえることができる……と。

「うん、やろう。今すぐにやろう。美味しいんだよね？」

レフィは爆発ポーションを作り出す。

ただ、相手はどこにいるかもわからないので、レフィが投げても届くわけがなかった。

「うん、僕じゃ当てられないね。リル、お願いしてもいいかな？」

「あぁ、その代わりドラゴンの肉はたっぷり食わせてもらうからな」

リルはポーションを咥《くわ》えると、その場にレフィを下ろし、あっという間に走り去ってしまった。

その場で待つことしかできないレフィ。

しばらく待つと、ひときわ大きな爆発音が聞こえる。


ドゴォォォォン!!


「よし、あっちだね」

音のした方へ向かって歩いていくと、そこにはバラバラに砕け散ってとても食べられそうにない大量の肉片と、青ざめながら呼吸を荒くしているリルの姿があった。

「な、何があったの!?」

とてもただごとではないと思い、リルに駆け寄っていく。

するとリルはようやく我に返り、レフィを怒鳴りつけた。

「あ、あれだけ高威力の爆発だと危ないだろう！」

「だって、相手がドラゴンなんだから、威力は強めておかないとダメでしょ？」

「でも、見てみろ！」

リルが肉片の方を見る。粉々に砕け散ったドラゴン……だったもの。原型すら留《とど》めていない。

「うん、見事に粉々だね」

「なんか嫌な予感がして、無理やり体を捻《ひね》って避けたんだ。それをしてなかったら、私も今頃粉々だったぞ」

「そういえばこの辺りにいた人たちは？」

リルが気配を感じたと言っていたはずだが……。

「もう少し向こうに何人か倒れていた。おそらくはもう――」

「うん、ドラゴンが相手なら仕方ないよね」

レフィは人が倒れていたという方角を向いて少しだけ黙禱《もくとう》をする。

「それじゃあドラゴンを食べようか」

黙禱が終わると、レフィはドラゴンの方を振り向く。

「どこを食うんだ？　もう食えそうな部分は残っていないぞ？」

全身がバラバラ。尻尾は残っているが、食べられる部分はほとんどない。

あとは真っ赤なガラス玉のようなものが一つ転がっている。

「あれっ、これは？」

「魔石だな。確か高値で売れるんじゃなかったか？」

「それなら、これは持っていこうか」

魔石を持ち上げるレフィ。

ただ、心持ちどこか残念そうだった。

「ドラゴンの肉……食べてみたかったなぁ」

「尻尾でも食っておくか？　肉はあまりないが一応ドラゴンの一部だからな」

「うんっ！」

リルに提案されてレフィは早速食事の準備に取りかかった。

◇■◇■◇■

『ドラゴンが現れた！』

すでに息も絶え絶えの兵士が伝えた情報に、王都では激震が走る。

そして、それは王城にも伝わっていた。

「ミリーナは別の国に避難するんだ！　ここは我が国の兵士たちで食い止めておく」

頭に王冠をかぶった初老の男性が、淡い金色の髪の少女、ミリーナに向けて言い放つ。

「嫌ですわ。国の皆を置いて私だけ逃げるなんて……」

「わがままを言うでない。相手はドラゴンだ。言葉が通じるわけでもなく、一方的に蹂躙《じゅうりん》されるだけだ！　最上レベルの魔法使いたちが集まって、ようやく倒せるんだぞ？　そんな相手を前に、お前を置いたままにできるはずがないだろう」

「そ、そうです。それなら、以前私を助けてくれた人に――」

「またその話か……。今から探していても間に合わない。そんな救世主みたいな人間がフラッと現れるはずもないだろう？」

「……わかりました。ただ、私は逃げるわけではないですわ。絶対その人を見つけて戻ってきます。ですから、お父様もその人を連れてきた暁《あかつき》には――」

「わかっておる。本当にお前に似合う相手なら、婚約の件も考えてやろう。儂《わし》としてもそれほどの力の持ち主が味方になるなら、ありがたいからな」

「約束ですよ!!」

ミリーナの表情に笑みが宿る。

そして、ほかの兵士たちと一緒に王城をあとにしていった。

「ミリーナ、無事に生き延びてくれ……」

王城に残った初老の男はぽつりと呟《つぶや》いた。

◇■◇■◇■

ドラゴンの肉を堪能《たんのう》したあと、レフィたちは再び町へと向かっていった。

「意外と量があったね」

「あぁ、巨大なドラゴンだったからな」

ほとんど肉のない尻尾しか残されていなかったが、小柄なレフィと、小さくなったリルの二人だけだったら、十分すぎるほどの量があった。

それをすべて食べてしまったあと、二人は次の町を目指していた。

「この先にあるのはどんな町なのかな？」

「かなり人がいるな。今までとは比べものにならないくらいだ」

「えっ!?　それなら、なんでこんなところにドラゴンがいたの？　そんなに人がたくさんいる町だと、兵士の人が周辺を巡回をして治安を保ってるんじゃないの？」

「もちろん町の近くまで行けばそうだろうな。ただ、ここから町までは人の足で十日はかかるぞ？」

「意外と距離があるんだね」

さすがに、ここまでは見て回れなかったのかな、と納得するレフィ。

「それじゃあ、まだ時間はかかりそう？」

「いや、あと一日ほどで着くぞ」

やはりリルに乗っての移動は、時間が短縮できて本当にありがたい。

「あっ、ちょっと待って。止まってくれる？」

「どうかしたのか？」

リルに停止を促すと、レフィは飛び降りてすぐ近くの木陰に向かう。

「まだ、ここは魔物が現れるぞ？」

リルが注意してくるが、それを無視して木陰の先を見ると、そこには傷だらけの兵士たちが倒れていた。

「だ、大丈夫ですか!?」

彼らを見た瞬間にレフィは慌《あわ》てて近づく。

「はぁ……、はぁ……、ド、ドラゴンが……。は、早く逃げないと……」

「喋《しゃべ》らないでください。今、ポーションを飲ませますから……」

「もうポーションじゃ治らない……。それよりも国王様に……」

最後の気力を振り絞って、ドラゴンのことを教えようとしてくれていた。

目が血走っており、弱々しく手を伸ばしてくる。

ただ、レフィはその手を押しとどめる。

「まだ大丈夫です！　しっかりしてください！」

生きること自体を諦《あきら》めているように見えて、思わずレフィは大声を上げていた。

その上で怪我《けが》を一瞬で治療するポーションを作り出すと、その兵士に飲ませる。

「だ、だから、もうポーション程度じゃ……。いや、それで君の気が済むのならいいだろう。

代わりにしっかり国王様に伝えてくれよ」

傷が治り、次第に流暢《りゅうちょう》に話しだす兵士。

ただ、本人は気づいていない様子だった。

「国王様に伝えるなら、自分で報告してくださいね」

「だから、俺は傷でもう……ってあれっ？」

ようやく自身の傷が治っていることに気づいた兵士。

ゆっくり、信じられないという表情でレフィのことを見てくる。

「いったい何を？」

「その前に、他の人にもポーションを飲ませていくので、手伝ってください！」

「あぁ……」

言い淀《よど》む兵士をよそに、レフィは他の者たちにもポーションを飲ませていった。

◇

「いったいどんな魔法を使ったんだ？　ポーションが伝説級の回復薬に変わるなんて……」

「特に何もしてないですよ。それより、どうしてみんなリルに乗るのですか？」

さすがにいくら元の姿のリルが大きいとはいえ、たくさんの兵士たちを乗せているのは重たそうだった。

「大丈夫？　走れる？」

「あぁ、このくらいわけない」

強がってみせるリル。

そして、町へ向けて走り出すと、助けた兵士の一人が思い出したように言ってくる。

「あなた、もしかして王女様が言っていた薬の神様じゃないですか!?」

知らないうちに神様扱いされてしまう。

でも、レフィ自身に王女様の知り合いなんていなかった。

「人違いじゃないですか？」

「いや、その凄《すさ》まじい効果のポーション、間違いないはずです！　ぜひ王女様に会っていってもらえませんか？　すごく会いたがっていましたので」

（できたらそんな身分の高い人とは会いたくないんだけどなぁ……）

下手に王女経由で実家に知られて、トラブルになるのは面倒だった。

ただ、相手が偉い人なので、断るというのもトラブルになりそうだ。

（まぁ、会うだけならいいかな）

「わかりました。そこまで言うなら、いいですよ」

「ありがとうございます！　王女様もきっと喜んでくれると思います」

兵士は嬉しそうに微笑んだ。

それを見て、レフィは慕われているんだな……と、王女のことが少し羨《うらや》ましくなった。

◇

「そういえば先ほどからドラゴンの気配がしないな。休んでるのだろうか？」

兵士が不思議そうに、後ろを見ていた。

「今はその方がありがたい。住民たちを避難させられるからな」

「ドラゴンって、もしかしてこれのことですか？」

レフィは小さく手を上げながら伝える。

そして、ドラゴンの落とした魔石を見せる。

「ま、まさか、それは本物の魔石か？」

信じられないと魔石をじっと見る兵士。

「どうして君がそれを？」

「えっと……、リルが倒しました！」

変に騒ぎを大きくするのも厄介だと嘘をつく。

「……お前の爆発する薬のせいだろ」

レフィは苦笑を浮かべながら兵士を見る。

彼らは驚愕《きょうがく》の表情を見せてくる。

「ほ、本当にこれはドラゴンのもの……なのか？　私たちだけでは判断がつかないが……、でも、本当にこれがドラゴンのものなら……レフィ君、といったね。君、王国の兵士になるつもりはないか？」

「ないです。あっ、いえ、誘ってくれるのはありがたいですけど、僕には戦う力はないですから遠慮しますね」

あまりにきっぱり言ってしまったから、慌てて言いつくろう。

すると、兵士は少し残念そうに言う。

「そうだな。確かに薬の神様が兵士なんておかしいもんな。でも、今の話は頭の片隅にでも置いておいてくれ。いつでも、最高の待遇で迎えさせてもらうからな」

◇

それからも他の兵士たちに、王都に着くまで熱烈な勧誘を受け続けた。

王国の兵士の何がいいのか、どこにやり甲斐を感じているのか。

ただ、その大半が「王女様が可愛いんだ」「たまにくれる労《ねぎら》いの言葉、あれだけで頑張れる」といった王女様に関《かか》わるものだった。

その王女様と会ったことがあるらしいけど、レフィはまったく身に覚えがなかった。

「とりあえず直接会ってから考えよう」

そして、夜になる頃にようやく町へとたどり着いた。

ただ、ドラゴンの騒動があり、町は閑散《かんさん》としていた。

「これが……王都？」

「あぁ、今は避難命令が出ているはずだからな。早速、王城へ向かうが、一緒に来てもらえるか？」

（王城か……。何度かは行ったことがあるけど、あまり気が乗らないなぁ）

もちろん断れるわけもなくレフィは頷《うなず》くしかなかった。

「ではこちらだ。一緒についてきてくれ」

兵士に先導されて、レフィは王都の石畳がしっかり敷かれて、整備されている大通りを進んでいった。

もちろん、リルは町の中に入ってからは小さくなり、レフィの肩に乗っていた。

王城は遠目からもその姿は視認できていたのだが、近くで目にするとはっきりその大きさが見て取れる。

ただ、王城内は物々しい雰囲気に包まれていた。

そんな中、レフィは兵士の一人にまっすぐ案内をされる。

「こっちだ。謁見《えっけん》の間《ま》に向かう」

謁見の間に入ると中では、かつてパーティーで会ったことのある国王と兵士がしきりに何ごとか話し合っていた。

「さすがに兵士長たちがいないのでは、相手にならないと思いますが」

「よい、市民たちが逃げる時間さえ確保できればよいのじゃ」

「国王様、ただいま戻りました」

その話し合いに、レフィを案内してきた兵士が割って入る。

すると、国王は目を大きくして驚いていた。

「おぉ、兵士長。よく戻ってきてくれた。これでドラゴン相手に時間を稼《かせ》げる」

「いえ、そのドラゴンですが、すでに討伐《とうばつ》されております」

「……ということは兵士長がやったのか!?　さすがは我が国が誇る歴戦の勇者じゃ」

国王様は嬉しそうにその場に立ち上がる。

しかし、兵士長は首を横に振る。

「いえ、討伐したのはこのレフィという少年であります」

兵士長がレフィの背中を押す。

「兵士長、さすがに今は冗談を聞いている場合では――」

国王が呆《あき》れたような物言いをしてくる。

「えっと、ドラゴン討伐の証《あかし》があればいいのですけど、粉々になっちゃったのでこれくらいしかないのですが……」

レフィはドラゴンの魔石を取り出して、それを見せる。

すると国王の表情が一瞬で驚きのものに変わった。

「鑑定士!!　鑑定士はいるか!?」

「今すぐに呼んで参ります」

国王の隣にいた兵士が大慌てで部屋を飛び出していく。

そして、ローブに身を包んだ男性と二人で戻ってくる。

ローブの男性は懐《ふところ》から虫眼鏡のようなものを取り出すと、魔石をじっくり観察してからこう言った。

「間違いないですね。これはドラゴンの魔石です」

それを聞いた瞬間に、国王は再び驚きの表情を浮かべた。

「そうか、すでにドラゴンは倒されたか。それならば避難命令も解除する。急いで知らせろ!

あとはそなたじゃな」

国王はゆっくりレフィに近づいていく。

そして、肩に手を置いたときに何かに気づいたようだった。

「そなたは……どこかで会ったことがないか？　どこじゃったか……。確かあれは貴族たちを呼んでパーティーを——」

「いえ、初対面です!!」

国王がレフィのことを思い出しそうになったので、きっぱりと言い切っておく。

すると、国王は煮え切らない顔ながら頷いた。

「そなたがそう言うなら間違いないのだろうな。それで、そなたには礼がしたいのだが、何がほしい？」

いきなりこんなことを言われて困惑《こんわく》してしまう。

「えっと、それは何でも……？」

レフィは恐る恐る訊いてみる。

すると国王は笑顔で頷いた。

「あぁ、好きなものを言ってくれ。国を救ってくれた礼じゃ。最高のものを準備させてもらおう」

「それなら、しばらくこの町にいますので家が欲しいです」

「あいわかった。すぐに準備させよう」

◇

レフィたちは町外れにある小さな家へとやってきた。

木造の住宅で、中に入ると埃《ほこり》とカビっぽい匂《にお》いがレフィたちを襲い、少し眉をひそめる。

まずは窓を開けて外を見ると少し町の中心部から距離があるためにほとんど人通りもなく、閑静な住環境だった。

「やっぱり国王様から家をもらって正解だったね」

「まぁ、初めは大豪邸を贈ろうとしてきてたけどな」

なんでもくれると言った国王にレフィは住むための家を要求した。すると、まず案内されたのはレフィの実家よりも大きな豪邸だった。

さすがにそれはダメだと必死に首を振り、断ったのだ。

なるべく人が来ない小さな家、という条件をつけて今の家へと案内してもらった。

「さすがにあなた様をこんなところに住まわせるわけには……」

案内してくれた兵士は渋い顔を見せていたが、レフィたちだけで過ごすには十分すぎるほどだった。

「いえ、ちょうどいい家です。ありがとうございます」

レフィが頭を下げると、その兵士は本当に良かったのかなと不安げに頭を掻いていた。

「さて、まずは家の掃除が必要だね。ということで――」

レフィはユーフェリアの町で荒稼ぎした汚れ落としのポーションを作り出す。

そして、家の中にあったボロ布にそれを浸《ひた》して、家を磨いていく。

「リルも手伝ってね」

「あぁ……」

レフィじゃ手が届かないようなところはすべてリルに任《まか》せておく。

すると、埃まみれでボロボロだった家は、あっという間に新品同様のきれいさを取り戻していた。

そこで改めて家の中を見て回った。

部屋の数は、少し小さめのリビングと洋室が二つ。

レフィたちだけで住むには充分そうだ。

「改めて使ったけど、すごい効果だね……」

「今回もそれで金儲《かねもう》けをするのか？」

少しレフィは悩む。

たしかに話題性としてはこの洗剤はいいかもしれないが、以前それでトラブルになったことと、値段が高めなので、ずっと売れ続けるとは思えない。

おそらく一過性のものだろうから長期間売り続けるには不向きだった。

「いや、今回は違うものを考えるよ。それにお金自体はすぐに困らないほどあるからね」

「そうか……。それなら片付けが終わったら町でも行くか？　何か売るもののヒントがあるかもしれないぞ」

リルが提案してくれる。

まだ避難した人がすべて帰ってきていないが、ポツポツと人が増えていた。

町を見て回るにはちょうどいいかもしれない。

「よし、それじゃあお昼ごはんも兼ねて見に行ってみよう」

◇

まずは町の中心部を目指して歩いてきた。

この町は中心部にはお店などで賑《にぎ》わう商業区画、北側に王城や貴族街、南の門付近には宿屋が軒を連ねる。

そして、西と東には住宅が立ち並んでいた。

レフィたちの家も東へまっすぐ進んだ端にあった。

レフィの家が珍しいだけで、この町の建物は石造りのものが多かった。

「ここも石畳が敷かれてるんだね……。実家の町にはなかったのに……」

ふと感想を告げるとリルが眉をひそめて言った。

「もしかして、お前の実家って、あまり金がなかったのか？」

「そんなことないと思うけど……。でも、『金を使うなら魔法使いに使うべきだ！』とはよく言ってたね」

「典型的な魔法バカだったんだな……」

苦言を呈するリル。

（神狼《しんろう》にも呆《あき》れられるなんて、よほどひどいんだろうね……）

レフィも苦笑いを浮かべるほかなかった。


「さて、どこに入ろうかな？」

いろんな店から美味しそうな匂いがしていたので、レフィはどこに入るか迷っていた。

そして、お店の方ばかりに気を取られていたので、人が歩いてきているのに気づかずにぶつかってしまう。

「きゃっ……」

可愛らしい声が聞こえる。

「だ、大丈夫ですか？」

慌てて少女に手を差し伸べる。

そこで思わず声を漏《も》らす。

「あれっ、君って……？」

手を差し伸べた先にいたのは淡い金色の髪の少女だった。

たしか以前盗賊に襲われていた時に助けた子だ。

「あ、あなたは……まさかっ!?」

少女は目を大きく見開いてレフィのことを見る。

そして、目に涙を溜《た》めてながら喜びのあまり飛びついてきた。

「えっと……、あの……？」

「会いたかったです。会って、一度お礼を言いたかったです。レフィ様……」

こんな往来《おうらい》のど真ん中で泣きつかれて、周りの人たちから注目を集めてしまう。

「と、とりあえずここではなんだから、お店の中に入ろう」

慌てふためくレフィは、少女を連れて手近な店の中に入っていく。

そして、席に着くと少女を落ち着かせる。

「すみません、はしたないところをお見せしました……」

少女が申し訳なさそうに謝ってくる。

「いえ、落ち着いたのなら良かったです」

「だって、ずっと探していたのですよ。お礼がしたくて……」

「そんな、気にする必要はなかったのですよ。あの時は僕が勝手にしたことですから……」

以前と同じことを言って聞かせるレフィ。

しかし、少女は首を大きく横に振っていた。

「いえ、そういうわけにはいきません！　命を救っていただいたのですから……」

少女は身を乗り出して言ってくる。

その圧力にレフィは思わず頷く。

「わ、わかりました。で、でも、本当に大したことをしていませんので……」

「はいっ。では一緒に私の家へ来てもらえますか？」

(家で何か料理でも作ってもらえるのかな？)

少し期待のこもった目を向けて頷く。

「ところで家ってどの辺りにありますか？」

「あのお城です」

満面の笑みを浮かべながら、巨大な城を指さしてくる少女。

「えっ!?」

レフィは思わず驚きの声を上げていた。

◇

（まさか、またここにやってくるとは思わなかった）

　レフィは少女に連れられて王城へとやってきた。

「えっと、もしかして君って……」

「そういえば、自己紹介がまだでしたね。私はミリーナ・リーゼンベルグ。このリーゼンベルグ王国の第二王女です」

（王女様……。確かに高貴な身分の子だなとは思ったけど、まさか王女様だったとは……」

「も、申し訳ありません。王女様とは知らずに僕は……」

「ふふっ……、あなた様なら、今まで通りでいいですよ。でも、ずいぶん落ち着いていらっしゃるのですね。普通の人ならここに来ただけで、ガチガチになって動けなくなるのに……」

　まぁ、つい先日も来たところだからね……、とは言えずにレフィは苦笑を浮かべた。

「ではこちらです。お入りください」

　案内されたのは、以前に来た謁見の間ではなく個室のようなところだった。

　ミリーナが軽くノックをすると、中から「入れ」という国王の声が聞こえる。

「失礼します」

「えっと、お邪魔します……」

「おぉ、ミリーナ。よくぞ帰ってきてくれた。っと、そなたはドラゴン退治の……。今日はどうしてここに?」

国王はミリーナの顔を見た瞬間に頰《ほお》が緩《ゆる》んでいたが、その隣にレフィがいるとわかると慌てて表情を取り繕《つくろ》った。

「はいっ、以前お話しさせていただいた盗賊退治のお人が、この方なのですよ」

「なるほど、王都でも手を焼いていたあのSランク級の盗賊を退治してくれたのはそなただったのか。どうりでドラゴンも楽々倒せるわけだ。なるほど、ミリーナの話も半信半疑だったが、そなたが……ということなら信じられる。ミリーナ、例の件は許してやろう」

「ありがとうございます」

ミリーナは嬉しそうに頭を下げた。

ただ、レフィは一人だけ話についていけずに、ポカンと口を開けていた。

「も、申し訳ありません。あと、レフィ様へのお礼ですね。盗賊の懸賞金《けんしょうきん》も出ておりますので……えっと?」

ミリーナが指を折って数え始める。

するとそれを見かねた国王が苦笑する。

「確か金貨百枚ほどじゃったな。大事に金庫にしまってあるぞ。あとはミリーナを助けてくれた礼として、そなたにはミリーナの婚約者になってもらおうと思う」

「えっ？」

いきなりの申し出にレフィは困惑する。

さすがに突然こんなことを言われてもミリーナも困るだろう、と彼女を見てみる。

すると、ミリーナは頬を赤く染めて、恥ずかしそうに顔を隠していた。

（確かにミリーナはかわいいし、婚約者になるなら楽しい生活が待っていると思う。でも、ミリーナは王女……。もしかすると魔法スキルを持っていないことでミリーナに迷惑をかけるかもしれない）

少し考えた結果、レフィは答える。

「ちょっと考えさせてもらってもいいですか？　僕もいろいろと事情がありまして……」

あと、もう一つ、レフィ自身の実家のことが問題だった。

さすがに勘当されていることは、話すこともできない。

（こんな僕を婚約者にしては、ミリーナがかわいそうだもんね）

ただ、レフィの返答を聞いたミリーナは、どこか悲しそうな顔をしていた。

「わ、私にどこか至らないところがありましたか？」

「いえ、これは僕個人の問題になりますので……」

レフィのその答えにミリーナは、少しだけホッとしていた。

「そうじゃ、そなただけではなくそなたの親にも挨拶《あいさつ》をしておきたい。どこにいるのか教えてもらえないだろうか？」

「いえ、僕には両親はいません。魔法が使えないから勘当されていますので――」

さすがに国王に訊かれては答えざるを得なかった。

顔を伏せながら答えるレフィを見て、国王は申し訳なさそうに「すまない」と呟いた。

「大丈夫です。そのおかげで今はいろんな世界を見ることができていますので。そういう訳で当分の間、生活が落ち着くまではほかのことは考えられないかなと……」

「なるほど、そなたの事情も理解した。ミリーナもそれでよいか？」

「はい、私はいつまでもお待ちしておりますので」

（よかった。なんとかトラブルを回避できたかな……？）

安心したレフィはミリーナから金貨だけを受け取ると、家へ戻っていった。

◇■◇■◇■

レフィが出ていったあと、国王が大声を上げる。

「誰か、誰かおらぬか!!」

「はっ、どうされましたか？」

すぐ外で控えていた兵士が慌てて部屋に入ってくる。

「今すぐにアールデルス男爵《だんしゃく》を呼んでくるのじゃ!!」

「今でしたら王女様ご帰還のパーティーでこちらに向かわれていると思いますが……？」

「ならば、この町に到着次第すぐに王城に来るように通達せよ！」

「か、かしこまりました」

普段はかなり温厚な国王がここまで怒るのは珍しく、兵士も動揺を隠しきれなかった。

そして、通達のために部屋を出ていくと国王は椅子に深々と腰掛ける。

「ふぅ……、まさかあの少年が魔法バカのアールデルス家の生まれだったとは……。兵士の話を聞く限り少年のスキルは【ポーション作成】。ただ、かなり上位のレベルだろうな」

レフィは家名を言わなかったが、国王は『魔法が使えないから勘当された』の部分で、あの少年が貴族たちとのパーティーで会ったアールデルス男爵の息子であると思い出していた。

あれほど有能な少年を勘当したとなるとさすがにライバルド本人に話を聞くよりほかはなかった。

確かに【ポーション作成】スキルはかなり外れの部類に当たる。これは基本的にポーションしか作れないことと、ほとんど高レベルの者がいないことに起因する。

（ただ、あの少年はいろんな効果のポーションを使い回している……。いったいどれほどのレベルの持ち主なのか……。なんとしてもミリーナとの婚約、うまく進めないと……）

◇■◇■◇■

王城から帰ってきたレフィは、家に着くと早々に倒れそうになっていた。

ただ、部屋に家財道具が何もないため、仕方なく床に直接腰を下ろす。

「しまった……、家具も買わないといけないんだったね。でも、今日は疲れたし、明日でいいかな……」

そのまま、床で眠りにつきそうになるレフィ。

すると、リルが少し大きなサイズになってくれる。

「暖かい毛皮……」

それにもたれかかるように、レフィは眠りに落ちていった。

◇

翌日、目を覚ますと部屋中を何か白くてふわふわした物体が覆《おお》っていた。

ろくに身動きも取れない……いや、意外と柔らかいので泳ぐ要領でなんとか動くことはできた。

「な、なにこれ？　ど、どういうこと？」

部屋の中心部へ動いていくと何やら壁のようなところに当たる。

「むにゃむにゃ……、なんだ、レフィ……、まだ朝には早いぞ～……」

壁からリルの声が聞こえてくる。

ただ、リルが窓を塞《ふさ》いでいるので暗く見えるが外はすっかり明るくなっている。

「もう朝だよ！　起きてよ！」

無理やりリルを揺らしていく。

「あれっ、いつの間に元の大きさに戻ったんだ？」

「それは僕が聞きたいよ！　苦しいから小さくなってよ！」

「あぁ、すぐにやる……」

ようやくリルが小さくなってくれて、事なきを得る。

（ただ、これから一緒に寝るときは、こういうことが起こるかもしれないから注意しないといけないね）

「とりあえず、今日は家具を買いに行こうか。ほらっ、リルも肩に乗って」

小さくなったリルを抱《かか》え、肩に乗せると町の中心部を目指して歩いていった。


すると、通りの途中で泣いている少女を見かける。

「どうかしたの？」

その場にうずくまっている少女に声をかける。

まだ五歳くらいの少女が一人でいるところを見ると迷子だろう。

「ママとはぐれちゃったの……」

少女が顔を上げて言ってくる。

周りを見てみるが、少女の母親らしき人物は近くにいなかった。

「うーん、困ったな……」

レフィが考えあぐねていると、少女が更に大きな声で泣きだしてしまう。

こうなると、まるでレフィが泣かせているように見える。

慌てふためくレフィ。

そこで、とある方法を思いつく。

手のひらを少女に向けるとポンっと一つのポーションを出した。

「なぁに、これ？」

「とっても美味しい飲み物だよ。飲んでごらん」

少女がポーションの瓶を開けると、ゆっくりそれを飲んだ。

「甘ーい」

「うん、砂糖水だよ」

ようやく泣き止《や》んでくれた少女。

レフィもその隣に座る。すると、その少女の母親らしき女性が現れた。

「レーテ、よかった。ここにいたのね」

どうやら母親の方もこの少女を探していたようだ。

ポーションを飲み終えた少女は、母親の方へと行くと嬉しそうにレフィに向かって手を振ってくれる。

すると母親の方もお礼を言ってくる。

「本当にありがとうございました。何かお礼を……」

「いえ、僕はただこの子と遊んでもらってただけですから……」

少女の頭を撫《な》でると彼女は嬉しそうにはにかんでいた。

「そ、そうだ。それならこれをもらってください。さっき買ったものなのですけど……」

母親はカバンの中から真っ赤な果物を取り出した。

せっかくなのでそれを受け取る。

「ありがとうございます」

レフィがお礼を言うと母親も同じように頭を下げてくる。

そして、見えなくなるまで手を振ってくれる少女に見送られて、町の中心部へと向かっていった。

◇

中心部にたどり着くとまずは家具を置いている店を探す。

「どこにあるのだろう？」

「あれじゃないか？」

リルが指さしたのは、干し草が置かれた店だった。

「……あれはただの干し草だよ」

「でも、寝るときに使わない？」

確かに動物なら干し草をベッド代わりに使っていてもおかしくない。

「普通の人は使わないよ。そもそも、リルも前の宿でベッドは見たでしょ？」

「あぁ、あれか。あれならそこに売ってるよ」

次に指さした方には、本当にベッドなどが置かれた店があった。

ただ、リル的には不満なようで「向こうの方が眠りやすそうなんだけどな……」と呟いていた。あとからリル用に干し草も買いに行こう。

そして、家具の店へとやってくると早速、店内を見回してみる。

（……意外と高いんだね）

数泊くらい宿が取れそうなほどの値段が書かれていた。

「いらっしゃいませ。何をお探しでしょうか?」

店内を見ていると店の中から店員が現れる。

「えっと、とりあえず家具を一揃え買いたいんですけど……」

それを伝えた瞬間に店員の目が光ったように見えた。

「一揃えですね。でしたらまずはこちらの最高級木材、ユーリスの木を使ったベッドはいかがでしょうか。これに横になれば最高の睡眠をあなたにお届けします。値段の方は……まぁ、少し張ってしまいますがその価値は十分あると思います」

すごい早口で説明をしてくる。

ただ、そのベッドに書かれた値段はとてつもないものだった。


『金貨五十枚』


買えなくはないけど、さすがにベッドだけで、この金額を払う気にはなれなかった。

「もう少し安いものでいいんですよ。他にもいろいろ買わないといけないので……」

「でしたら、ご予算はいかほどでしょうか?」

「すべて込みで金貨十枚くらい、でどうでしょうか?」

すると店員は笑顔になりながら見繕ってくれる。

その時に最初に見せられた高級ベッドは、相手を金持ちの貴族かどうか調べるのに向いているらしく、意外と人気があるらしかった。

店員がいいものを選んでくれた。しかも、早速運んでくれるらしい。

「よいしょっと……」

軽々とベッドを持ち上げる店員。

さすがに、その光景に驚いてレフィは口を開けてしまった。

「あぁ、最初はみんな同じ顔をしますね。これが私のスキル【身体強化魔法】です」

どうやら魔法で持ち上げているらしい。

(あれっ、それならポーションでもできるんじゃないかな?)

少し気になったものの、この場ではポーションを作るのは控えておいた。

「じゃあ早速家へ案内してくれますか？　順番に運んでいきますので」

店員をレフィの家まで案内する。

あとは勝手に運んでくれるとのことなので、次はリル用の干し草を買いに行く。

「いいのか？　普通は使わないんだろう？」

リルが驚いて訊いてくるが、レフィは笑顔で返す。

「いいよ。リルが寝やすいなら……」

◇

「うーん、やっぱりベッドで寝るほうが疲れが取れるねー」

レフィは、新しく買ってきたベッドに寝転がって大きく手足を伸ばした。

「どうにも宿のベッドは硬くて合わなかったんだよね。やっぱり実際に買いに行くほうがいいな」

値段はそこそこ高かったが、これからのことを考えたら必要なお金だった。

（そういえばリルの部屋はどんな感じになったんだろう？）

干し草だけは部屋に運んでもらったんだけど、あとはリルの好きなようにしてもらった。

さすがに少し気になったので覗《のぞ》きに行ってみることにした。

「リル、入ってもいい？」

ノックをしながら尋《たず》ねてみる。

「大丈夫だ」

リルの返事があったので、扉を開ける。ただ、中に入ることはできなかった。

今朝起きた時みたいに、リルは部屋一杯の大きさに戻っていた。

「やっぱり干し草は寝心地がいいぞ」

扉から覗く白い毛からリルの顔が出てくる。

「うん、まぁ、気に入ってくれたのなら良かったよ……」

レフィは苦笑を浮かべる。

まぁ、リルの部屋なのだから好きにさせてあげようと、それ以上は何も言わなかった。

◇

「この町でどうやってお金を稼ごうかな？」

町で生活していくにはお金がいる。幸いなことに、今は前の町で稼いだ分とミリーナを助けたお礼にもらったお金が残っているので、すぐに必要にはならないが、稼ぐ手段は確保しておかないといけない。

「あの女の子のときみたいに、困った人を助けるのがいいかな。喜んでもらえるし……」

「それなら困ったことを解決する、相談屋みたいなことをすればいいんじゃないのか？」

リルの言葉にレフィはハッとなる。

それならポーションを使わなくても解決できる問題もあるだろうし、どうしても困ったときにだけポーションを使えばいい。

前にユウスのバカ息子に目をつけられた時みたいに、注目を浴びることもないだろう。

「うん、それだね！」

そうと決まったら早速困っている人を探しに行こう。

レフィたちは町の中心部へと向かっていった。

◇

「何かお困りごとはありませんか？　今ならどんな困りごともぱっと解決しますよ」

町の中央で声を上げて客寄せをする。ただ、あまり振り向いてくれる人はいなかった。

「なかなか話を聞いてもらえないな」

「いきなり、こんなことを言われても普通は困るよね」

改めて考えてみると今やっていることが怪《あや》しい行為にしか思えなかった。

いきなり問題を突きつけられたレフィは頭を抱えてしまう。

すると突然声をかけられる。

「あんたは……レフィ……だったか？　こんなところで何をしてるんだ？」

振り向いてみるとそこには兵士長の姿があった。

それを見た瞬間にレフィは彼に近寄っていた。

「何かお困りごとはありませんか？　なんでもいいですから……」

「もしかして悩み相談みたいな仕事でも始めたのか？　今はギルドがあるからほとんどそっちに取られると思うぞ。ただ……、そうだな。ギルドに頼んでもなかなかしてもらえない依頼ならあるが、それでもいいか？」

「はいっ！」

「よし、わかった。それならついてきてくれ！　是非頼みたい仕事がある！」

兵士長についていくと案内されたのは住宅街の外れだった。

「ここで何をしたらいいのですか？」

「あぁ、これを見てくれ」

兵士長は地面にある蓋《ふた》のようなものを開ける。するとそこから異臭《いしゅう》が漂ってきて、思わずレフィは鼻をつまんだ。

「な、なんですか、これは……」

「ここは町の生活排水を流しているところなんだ。通りを歩いてもらうと所々にこんな蓋があるんだが、見ての通りすぐに汚れて異臭が漂うんだ。依頼の内容はこの異臭を取り除いてくれたらいい。どうだろうか？」

確かに鼻が曲がりそうなほどひどい匂いだけど、これを抑えるのは簡単だろうな。

「わかりました。やってみます」

レフィが承諾《しょうだく》すると兵士長は嬉しそうに頷いた。

「よし。それじゃあ、終わったら声をかけてくれ。だいたい王城にある兵士詰め所の辺りにいるからな」

それだけ言うと兵士長は王城に向けて歩き出した。

それをしっかり見届けたあと、レフィは手のひらからポーションを生み出し、そのまま異臭のする溝《みぞ》の中に流し込む。

すると一瞬で匂いが消え、水も澄んだ色に変わっていた。

今流したのは浄化効果のあるポーション。

これでしばらくは匂いの問題はなくなる。

依頼が終わったことを確認するとレフィはすぐに兵士長を追おうとしたが、まだすぐそこにその姿が見えていた。

「兵士長さーん、ちょっといいですかー？」

「なんだ？　何かわからないことでもあったのか？」

大声で呼びかけると兵士長が振り向いてくれる。

「いえ、終わったので見てもらってもいいですか？」

すると兵士長の動きが固まってしまう。

「ちょ、ちょっと待て。うまく聞き取れなかったみたいだ。もう一度言ってもらってもいいか？」

動揺する兵士長が耳に手を添えながら聞いてくる。

「はいっ、依頼の件ですけど、もう終わりましたよ！」

やはり聞き違いじゃないとわかると兵士長は慌てて近づいてくる。

「そ、そんなに早く終わるはずないだろう。いくらなんでも俺をからかって――」

兵士長が蓋の中を覗き込む。

「本当だ……。もうきれいになってる。むしろきれいすぎないか？　飲み水としても使えそうなくらいに……」

「いえ、僕はあまり飲みたくないですね」

（いくら浄化ポーションできれいにしているとはいえ元が生活排水だからなぁ……）

レフィは苦笑していたが、兵士長は水を手ですくい上げていた。

「ま、まさか本当に飲むのですか!?」

「いや、飲まないぞ!!　ただ、どうやったらこんな魔法のようなことができるんだと思ってな。普通の魔法スキルだとまずできないからな」

「それは……内緒です」

レフィは口に手を当ててはにかむ。

すると兵士長が大笑いしだす。

「確かにこれだけの力、黙っておきたいよな。わかった、力のことは黙っていてやろう。ただ、依頼のことは大々的に宣伝させてもらうからな」

最後に兵士長がウインクをして、依頼料を支払ってくれる。

ポーションを一つ下水に入れるだけで銀貨二枚……。

意外といい稼ぎになるかもしれない。

◇

兵士長の一件以来、レフィの相談屋にはたくさんの依頼が舞い込むようになった。

ただし、汚水、下水、生活排水等の浄化の依頼ばかりだが……。

「これ、どう考えても兵士長の宣伝のせいだよね？」

本当ならもっといろいろな依頼をこなそうと思っていたのに……。

（まぁ、依頼自体は簡単だもんね）

前の洗剤の時と同じように、ポーションを売ってもいいんだけど、それはそれで問題が起きそうなので、レフィ自身が動くしかなかった。

あとは依頼人に何をしてるのか見られないように……ということだけは注意する。

そして、今日もレフィは浄化の依頼先に来ていた。

依頼主は冒険者ギルド。

まさかここから依頼があるとは、とレフィは驚きを隠しきれなかった。

剣と盾《たて》が掲《かか》げられた看板の建物に入っていく。

すると、中はむせ返るような酒の匂いと大騒ぎする男たち。それと必死にお酒を運んでいく店員の姿があった。

(朝からお酒を飲んでるんだ……)

レフィが苦笑を浮かべていると、店員の一人が声をかけてくる。

「ようこそ、冒険者ギルドへ。登録か依頼を受けるなら奥のカウンターへ行ってください。酒場に用があるなら、空《あ》いてる席に座ってください」

「わかりました」

(依頼を受けたわけだし、僕は奥のカウンターでいいんだよね?)

屈強な男たちの隣を通っていく。

すると、男たちから笑い声が上がる。

「おいおい、そんな体つきで冒険者になるのか」

「やめとけ、やめとけ。すぐに怪我《けが》をするのがオチだぞ!」

レフィの姿を見てあざ笑う冒険者たち。

もともと冒険者になるつもりのないレフィの耳に入ると、新人に冒険者稼業が過酷だということを伝えているようにも聞こえていた。

「まぁ、僕には関係ないよね」

男たちの声を気にすることなくまっすぐカウンターへと向かっていく。

「すみません、よろしいですか？」

「はいっ、あれっ、初めての方ですね。ようこそ、冒険者ギルドへ。本日はご登録でしょうか？」

（初めてだと登録の方が多いのかな？）

「いえ、今日は依頼の方なんですよ。ぜひ僕に受けてほしいものがあると聞いてきたのですけど」

「ということはあなたがレフィさんなのですね。かしこまりました、では依頼のお話をさせていただきます。今回浄化していただきたいのは、貴族街にある、とある家なんですよ」

（つまり、そこの近くにある溝をきれいにすればいいのかな？）

「わかりました。では、どこに溝の蓋があるか教えてくださいますか？」

「はいっ？　溝……ですか？」

首をかしげてくる女性。

（あれっ、浄化の依頼……だよね？　何か勘違いしてたかな）

「えっと、僕がするのは水の浄化……ですよね？」

「いえ、建物自体の……、中に住むと言われる幽霊の浄化ですよ」

「ゆ、幽霊の浄化……ですか？　僕が今までしてきたのは、水の浄化なんですけど……」

「えっ、もしかして巷《ちまた》で有名な浄化って、水をきれいにする浄化のことだったのですか!?」

受付の女性が驚きのあまり顔を引きつらせて言った。

「そ、それじゃあこの依頼は引き受けてもらえないのですね……。はぁ……、ようやく頼める人が出てきたと思ったのに……」

「それじゃあ、この依頼は他に誰も？」

「ええ、そもそも幽霊を浄化する能力の持ち主はかなり少ないんですよ。それなりに強力な聖属性の魔法が必要になりますから……」

「わかりました。僕がなんとかしてみせます」

レフィが頷くと受付の女性が心配そうな顔を見せる。

「本当に大丈夫なのですか？　本当に効くのは聖属性の魔法だけなのですよ？」

「多分なんとかなりますよ」

聖属性の魔法じゃなくても、聖属性効果のあるポーションを使えば良さそうだからね。

「い、一応幽霊は襲ってくる可能性もありますので、戦闘に自信がないのならここで冒険者を雇っていくことをお勧めしますが？」

「いえ、大丈夫です」

いざという時にはリルが守ってくれるだろうし、そもそも聖属性の魔法以外効かない幽霊に、武器を持った冒険者が相手になるとは思えなかった。

「では、早速向かわせていただきますね」

レフィは冒険者ギルドを出ていこうとする。

すると、そんなレフィの前に三人の冒険者が立ちふさがっていた。

「おいおい、そんな体で依頼を受けるなんて無謀すぎるだろ！　俺たちが冒険者の厳しさを教えてやる！」

理由もなく絡《から》まれてしまった。

「ガバルさん！　その方は冒険者ではないですよ。だから、冒険者の怖さを教える役はしなくても……あっ」

やっぱり、こうやって絡んでくるのも、さっきの声を上げていたことも、冒険者ギルドからの依頼なのかもしれない。

「いや、依頼を受ける以上冒険者と同じだ。それなら依頼を受けることの心構えは教えておかないと……どうした？」

ガバルが話していると隣の冒険者が顔を青ざめさせて言った。

「お、おい……、こいつってドラゴン殺しじゃないのか？　俺、噂《うわさ》に聞いたことがあるぞ。町で浄化をしてるのは、以前に避難勧告が出た原因のドラゴンを倒した奴だって……」

「えっ!?」

ガバルが口をぽっかり開けていた。

「それ、私も聞きました。だから浄化というのは幽霊を祓《はら》うことだと思ったんですよ」

「えっ？　えっ？」

困惑するガバル。

（これはだめ押しをしたほうがいいかもしれないね）

「それなら実際に実力を見せたほうがいいですか？　命の保証はしませんけど……」

口の端を少しつり上げて微笑むレフィ。

かなり無理をして役作りをしたので、まったくレフィらしくなかった。

それを聞いて、肩にいるリルが笑いを必死に堪《こら》えているのがわかる。

「い、いや、そんなに実力があるなんて知らなかったんだ！　お、お前なら警告もいらないな。すまない、今のは忘れてくれ！　本当に申し訳ない。どうか命だけは……」

頭を下げて、必死になって謝ってくるガバル。

それを聞いて、レフィは心の中でホッとしていた。

レフィ自身の身体能力はそこまで高くないので、なんの準備もなしに冒険者と戦うと何もできずに倒される可能性もあったからだ。

（準備さえしていれば問題ないと思うけど、さすがに依頼を受けにきて絡まれるとは思わなか

ったからね)

◇

レフィは浄化をしに貴族街にある館へとやってきた。

そこは貴族街のど真ん中。周りには大きな建物ばかり立ち並び、目の前の館も一見すると何もおかしいところがないように見える。

ただ、リルが異様に緊張していた。

「ぐるぅぅぅぅ……。レフィ、気をつけろ」

(リルがここまで警戒心を見せるのは初めてかも……。それほどの場所なんだ……)

思わずレフィは息をのんでいた。

とりあえず、中に入ってみようと預かってきた鍵で扉を開けてみる。


バチッ……。


すると何か手に電気のようなものが走り、思わず手を引っ込める。

「な、何があったの!?」

「きっと幽霊の仕業《しわざ》だ」

「それは危険だね」

とりあえず、幽霊浄化用のポーションを作り出すと扉に振りかけてみる。

（ぐ、ぐぉぉぉぉぉ……）

何か低い悲鳴のようなものが聞こえた気がする。

レフィは周りを見てみるが特に変わった様子もなかった。

恐る恐る扉に触ってみると今度は電気のようなものは感じなかった。

「もしかして静電気だったのかな？」

（それだったら浄化のポーションが無駄になったかも――）

「いや、しっかり幽霊がいて、簡単に浄化されていたぞ？」

リルが呆れたように言った。

「やっぱり、そんな危険そうな所に見えないね」

レフィが扉を開けると中は散々荒れていて、ここがしばらく使われていないということがよくわかった。

「なんだか、この広さは実家を思い出すなぁ……。今から思えばこんなに広い家、移動だけでも大変なんだけどね」

しみじみと呟くレフィ。

一歩中に進むと急に玄関ドアが閉まってしまう。

レフィは慌てて扉を開けようとするが、鍵は外したはずなのに開かなかった。

「や、やっぱり罠《わな》だったか。レフィ、私から離れるなよ！」

リルが少し大きくなってレフィの前に現れる。

（これも幽霊の仕業なんだ。それじゃあ、浄化しておけば別に外に出られるんだよね？）

レフィは再び幽霊浄化ポーションを取り出すと玄関ドアにかける。

（ぐ、ぐぉぉぉ、な、なぜだ……）

「あっ、開いたね」

しっかりポーションをかけておけば、あっさり開くようになる玄関ドア。それを見てリルが口をぽっかりと開けていた。

「ちょっと待て。もしかして、そのポーションってどんな幽霊も一瞬で浄化してしまうのか？今の玄関を塞《ふさ》いでいた幽霊は、結構高位の奴だったんだが？」

「どんな幽霊もなのかはわからないけど、とりあえず強めの幽霊浄化ポーションだよ」

「よし、わかった。それならそれをいくつか用意してくれ」

何かリルには考えがあるようだった。

レフィはいくつかポーションを作り出すとそれをリルに渡す。

「よし、それじゃあまずは幽霊がいる定番、キッチンから行くか！」

嬉しそうに先陣を切るリル。

その表情には先ほどまでの警戒して強張《こわば》った様子はなく、楽しそうだった。

◇

「よし、ここだ！」

意気揚々としたリルとともに厨房《ちゆうぼう》へやってくる。

コンロから食器棚から一式そろっていて、その上、数人が調理作業できるほど広かった。

ただ、床には割れた食器などがたくさん転がっている。

すると、その食器がふわふわと浮き上がる。

「これも幽霊の仕業なんだよね？」

「あぁ、そうだ。つまりこうすれば――」

リルがポーションをばら撒《ま》くと、浮かんでいた食器がその場に落ちる。

ガシャ――――ン!!

「さて、次に行くか!!」

嬉しそうな表情を見せるリル。

(なんだか、幽霊が気の毒になってきたかも。まぁ、家中を浄化しないといけないからすべての部屋を見て回るしかないんだけど)

それからもリルを追いかけてすべての部屋を見て回った。

「えいっ!」

(ぐおぉぉぉぉ……)

「とりゃ!」

(ぐわぁぁぁぁ……)

「てりゃっ!」

(ぬおぉぉぉぉ……)

幽霊を浄化していくリルの姿は、まるで別人……、いや、別狼《べつろう》みたいだった。

(いや、もしかしてリルは乗っ取られてる? 幽霊ならそのくらいできてもおかしくないよね)

「これはいいな。一瞬で幽霊が消えていく。これさえあれば、何も恐れなくても――」

バシャ……。

リルに向かってポーションをかける。

すると楽しそうに笑っていたリルが固まる。

しばらく微妙な空気が流れたが、我に返ったリルが声を荒らげてくる。

「レフィ……、これはいったい？」

「なんかリルの様子がおかしかったから、取り憑《つ》かれたのかと……」

「そ、そんなわけないだろう！」

どうやら、リルはいつもより張り切っていただけらしい。

「うん、それはごめんね」

「いや、おかげで落ち着いた。いつも幽霊の気配にはイライラとさせられていたからな」

さっと何もない空間にポーションを振り撒くリル。

すると、そこから小さなうめき声が聞こえてきた。

「本当にたくさんいるね……。これはキリがないかも……」

「そうだな。いっそ、この家中にポーションを流してみるか……なんてな」

「あっ、それはいいね」

冗談で言ったつもりのリル。ただ、頷いたレフィを見て信じられないものを見る表情を浮かべる。

「ほ、本気で言ってるのか？　だ、第一この家を満たすほどのポーションを出すのにどれだけ時間がかかるか……」

「えっ、とりあえずこれくらい用意しておけばいいかな？」

レフィの隣には元の大きさに戻ったリルより巨大なポーションが現れていた。

「とりあえずこのポーションを流すね！　消えたくなかったら逃げるんだよー！」

一応幽霊に注意を促してから、ゆっくり巨大な瓶を傾けていく。

するとレフィたちの前に半透明の少女が現れた。

銀色の長い髪と青いリボン、あとは高そうな白い服装。

レフィより背丈《せたけ》が低く、歳も下に見える。

ただ、その服装を見る限り、貴族の少女に思える。

そんな少女に半泣きになりながらも何かを訴えたげな表情を見せられたので、ひとまずレフィは薬を撒くのをやめておいた。

「おい、レフィ。いいのか、あいつ幽霊だぞ？」

「うん、何か言いたそうだからね」

レフィはそっと少女に近づいていった。

すると、少女は必死に何かを伝えようとしてくる。

ただ、浄化されるかもしれないと焦《あせ》っているのか、それとも、幽霊だとまともに言葉を発することができないのか、うまく喋《しゃべ》れないようだった。

「うーん、どうやったら会話できるかな……。あっ、そうだ。これを飲んでみて……って、君は飲み物を飲むことができるの？」

レフィは新しいポーションを作り出す。

ただ、幽霊が飲めるの？　という疑問が浮かんだ。

でも、幽霊浄化ポーションはかけて効果があったわけだし、なんとかなるかなと思い、少女の方へと持っていく。

ただ、彼女は怖がって一歩後ろに下がっていった。

イヤイヤと必死に首を振っている彼女を見ると、もしかしてこれが浄化のポーションに見えているのかもしれない。

「大丈夫だよ、これは浄化ポーションじゃないから、安心して……」

怖がる少女にゆっくりとポーションを飲ませていく。

体が半透明だけど、ポーションはしっかりと少女の体に入っているようだった。

「ふぅ、これで大丈夫だね。話してみて」

「えと、いきなり言われても……っ!?」

少女は、自身の口から言葉が発せられたことに驚いていた。

自分の喉《のど》を触ったり、発声をしてみたり、いろいろしていた。

「ちゃんとうまくいったね。発声のポーション。これで直接話をすることができるよ！」

レフィが笑みを見せると、少女は小さく一度頷いた。

レフィからは見えなかったが、少女の目には涙が浮かんでおり、それを隠すように拭《ぬぐ》っていた。

「それで何が言いたかったの？」

ようやく本題に入る。すると少女は顔を伏せながら答えてくれる。

「えっと、浄化するのは……待ってほしいの……」

「もしかして、浄化されるのが怖いの？」

すると少女は首をかしげていた。

どうやら怖いというわけではないようだ。

「その……、ルルカたち普通の幽霊は時間が経《た》ったら自然と天に召されるの。だから、その少ない時間でいろんな所を見たいから……、浄化は待ってほしいの……」

「でも、そうなると僕の依頼が達成できなくなるからなぁ……。この館に住む幽霊を浄化するのが条件だし」

レフィが困っていると少女が震えながら言ってくる。

「ル、ルルカがここにいるのは理由があるの。そ、その、本当は外に住んでいたけど……」

自分のことをルルカと呼んだ少女が、窓の外を指さしていた。

どうやらこれだけ大きな館だけあって庭があるらしい。そこにはきれいな花と十字に置かれた石があった。

「あれがルルカのお墓なの。本当ならあそこにいるのだけど、最近は猛獣が住み着いて戻れなくなったの……」

ルルカの顔は恐怖で歪《ゆが》み、何かにおびえているようだった。

「なるほど……。それじゃあ、あのお墓を調べて、猛獣の問題を解決したらいいんだね」

ルルカが必死にコクコクと頷く。

「でも、お墓に戻れなくてここにいただけなら、どうしてやってくる人たちを幽霊で驚かしたりとかしていたの？」

するとルルカはリルに目を向けながら答える。

「えっと、初対面の人は怖いの。突然浄化しようとしてくるから……」

それを聞いたリルがため息を吐いた。

（まぁ、相手は幽霊を浄化しに来てるわけだし、対応としては間違ってなさそう）

「わかったよ、とにかくそのお墓というところを見に行ってみよう」

◇

墓のそばにやってくると、ルルカが困っていた理由がわかった。

墓の周りには、凶暴そうな顔をした犬が数匹うろうろとしていた。

その犬たちを見た瞬間に、ルルカはレフィの陰に隠れていた。

（まぁ、町の中に猛獣なんているはずないよね。ただ、かなり大型の犬だから、怖がるのもわかるかも。この犬たちがいるせいでお墓に帰れなくて、仕方なくこの館に住み着いてしまったわけだ。でも、ここにお墓があるということはルルカはこの家の子？　服装も貴族みたいだったし……）

少し気になったものの、とにかくまずはこの犬たちを追い払うことにした。

レフィは匂いがきついポーションを放り投げる。

犬たちは、突然投げ込まれた薬瓶を警戒して、恐る恐る近づいてくる。

ただ、匂いを嗅《か》いだ瞬間に、あまりの臭《くさ》さにすぐ逃げ去っていった。

「さて、あとは――」

再び戻ってこないように、墓の周りにもそのポーションを撒いておく。

「これでもう大丈夫だよ」

「あ、ありがとう……」

ルルカは嬉しそうな笑みを浮かべて言った。

そして、ゆっくり墓の中に入っていく。

「これで安心して過ごせるの……。お兄ちゃん、本当にありがとう……」

そのまま墓の中に消えていった。

消えてしまったルルカのことを偲《しの》びながら、レフィはそばに生えている花を摘《つ》んで、墓に供《そな》える。

「さて、それじゃあ依頼も完了したことだし、冒険者ギルドに戻ろうか」

リルの方へ振り向くと笑みを浮かべる。

# 4 パーティー

冒険者ギルドから報酬をもらったレフィは、家に帰るとそのまま眠りについていた。

そして、翌日。

「お兄ちゃん、起きて！」

「うーん、もうちょっと寝かせてよ……。まだ夜だよ……」

「そんなわけないよ！　外は明るいんだから。ほらっ、目を覚まして！」

無理やり布団《ふとん》を取られる。

「もう、リルは……。まだ眠いって……あれっ？」

リルが起こしてきたのかと思ったが、目の前にいたのはまったく違う人物だった。

「起こしに来たよ、お兄ちゃん」

そこにいたのは、宙に浮いている笑顔のルルカだった。

「えっ!?　ど、どうして、天に召されなかったの？」

そこにいるはずのないルルカの姿に思わず驚いてしまう。

「えっ、だから時間が経《た》たないと天に召されないって言ったよ？」

「そ、それじゃあ昨日消えたのは？」

「あれは眠たくなったから、お墓に戻って寝てたんだよ」

つまり、ルルカはまだ天に召される時期ではないようだ。

「あっ、でも、ルルカの望みはお兄ちゃんに叶《かな》えてもらったから、もうすぐ天に召されると思うよ。だから最後にこの町を見て回ろうとしたらお兄ちゃんたちを見つけたの」

「そっか……。それならゆっくりしていくといいよ。何もないところだけどね。あっ、でも、あの館から離れているけど大丈夫なの？」

普通、幽霊はその地に取り憑《つ》いている。

そして、ルルカがいた貴族街は、ここからだとそれなりに距離がある。

「うーん、ルルカもこの町を見て回ったときにいろいろと試したんだけど、この町の中なら大丈夫みたいなの」

「そっか……」

「だからよろしくね、お兄ちゃん」

ルルカは嬉しそうに微笑んできた。

◇

そして、レフィたちの家にルルカが来るようになってから数日が過ぎた。

「やっほー、今日も来たよー！」

「わっ⁉」

突然足下から現れるルルカに、ベッドで寝ていたレフィは思わず飛び起きてしまう。

「毎回、変なところから出てくるけど、もしかして驚かして楽しんでない？」

さすがに、そのことを訊《き》かずにはいられなかった。

すると、ルルカは渋い顔を見せて言った。

「そんなことないよ。ただ実体がないから、驚いてもらわないと気づかれないの……」

（なるほどね……。それなら実体さえあれば、今後は驚かしてくる必要はないわけだ。何か作れないかな……。実体を現すポーションとか……）


ポンッ。


（あっ、出来ちゃった……）

手のひらに生み出されたポーションを見て、レフィは苦笑を浮かべる。

「ルルカ、これを飲んでくれる？　そしたら気づかれない……なんてことはなくなるから」

「うーん？　わかったけど……」

半信半疑のルルカ。

ただ、飲んだ瞬間に半透明だったルルカの体に実体が宿る。

「えっ、嘘っ!?　ル、ルルカに体があるよ!?」

その場でぴょんぴょん跳ねるルルカ。

その嬉しそうな様子を見て、レフィも思わず笑みがこぼれていた。

ただ、この薬には落とし穴があった。

どうやら、効果は有限なようで、一時間ほどしたら元の霊体に戻るようだ。

「うーん、あまりしっかり幽霊が実体化するってイメージが掴めていないからかな？」

「ううん、ルルカはこれで充分だよ。ありがとう、お兄ちゃん」

嬉しそうな表情を見せてくるルルカ。

◇

朝食を食べたあと、ルルカが体を前のめりにして訊いてくる。

「ねぇ、ねぇ、今日はどんなことをするの？」

「そうだね、一応町中の溝《みぞ》の浄化は終わったし、そろそろ違う依頼も受けたいかな」

そんなことを相談していると、玄関を叩《たた》く音が聞こえる。

「はーい、どちら様ですか？」

「はっ、兵士のミハエルです。レフィさんにお手紙を届けに来ました」

「わかりました。今、出ます」

玄関ドアを開けると敬礼した兵士がいた。

「こちらがレフィさんへのお手紙になります。国王様が参加できるようでしたら是非に……と仰《おつしや》ってましたので、一考してもらえると嬉しいです。では、自分は失礼します」

兵士は王城へ向かって行ってしまった。

残されたレフィは手紙を開けて中身を確認する。

レフィ様
次の水の日に、王城にてパーティーを行います。
是非あなた様にも参加していただきたく、この手紙を送らせていただきました。
よろしければご検討していただけるとありがたいです。
ミリーナ・リーゼンベルグ

どうやらこの手紙の送り主はミリーナのようだった。

（パーティーか……）

「うーん、さすがに僕一人だけを呼んでるわけじゃないもんね……」

　他の貴族たちも来るならあまり目立ったことはしたくない。

　この手紙にもよろしければご検討……と書かれているので断ろう。そう考えていたのだが、レフィの後ろから手紙を見て、ルルカが目を輝かせた。

「パーティー！　ルルカ、一度も行けなかったんだ。一度でいいから行ってみたいなぁ……」

　目をキラキラと輝かせながらレフィのことを見てくる。

「うっ……」

　純粋なその瞳を見て思わず息をのんでしまう。

（そうだ、それならルルカだけで行ってもらえば……、いや、この手紙には僕の名前が書かれてるわけだから一緒に行くしかないよね）

　レフィは小さくため息を吐《つ》いた。

「わかったよ。それなら顔だけ出しに行こうか。ルルカが実体でいられるのは一時間だから、それまでにはお城を出ないといけないけどね」

（あまり目立たずにサッと帰ってこよう。面倒ごとは嫌だもんね）

「ほ、本当にいいの!?　ありがとー！」

　ルルカが嬉しさのあまり抱きついてくる。ただ、今は霊体なのでレフィの体を通り抜けてしまったが。

「とにかく、パーティーは三日後みたいだから行く準備はしておかないといけないね」

さすがに今の格好で行くわけにはいかない。

パーティー用の服を準備しておく必要がある。

「それじゃあこのあと、服を買いに行こうか」

「うんっ！」

◇■◇■◇■

「そろそろ王都へ着くな」

馬車に揺られながらライバルドが声を上げる。

「そうですね。まずは到着次第、国王様に挨拶《あいさつ》に行かないといけませんね」

そして、ライバルドたちは王都の入り口へとたどり着く。

そこでは、身元を検《あらた》めるために兵士たちが一人一人確認していた。

「次！　あっ、ライバルド様ですか」

「あぁ、陛下よりパーティーに誘われて参上した次第だ。もちろん通してくれるな？」

「はっ、もちろんでございます。そういえば国王様がライバルド様たちがいらしたら来てくれと言ってたらしいですよ」

「……？　わかった。宿に荷物を置き次第向かわせてもらおう」

国王がいったい何の用だろうか？

ライバルドは不思議に思いながら王都へと入る。

すると王都特有の人が多い分、生活排水がたくさん流れ、漂ってくる匂《にお》い。

それに眉をひそめるところだが……。

「おや、あの独特の匂いがしないな」

「そうですね……」

「さすがに陛下が問題に思って改善したのか？」

疑問に思っていたライバルドに兵士が伝える。

「そちらですが、ドラゴン討伐《とうばつ》の英雄様が改善してくれたんですよ。力も強くて優しいなんて本当にすごい方です……」

「ほう……、それは一度会ってみたいな。いったいどれほどの魔法の使い手なのかを」

（それほどの使い手が現れたのならこの王国も安泰《あんたい》だな……）

ライバルドは笑い声を上げながら、まっすぐに宿へ向かっていった。

「えっ、あの……、その人は魔法使いではなく……」

兵士の言葉をしまいまで聞かず、ライバルドは立ち去ってしまう。

◇

一度宿に寄ったのち、ライバルドは王城へと向かった。

そして、そのまま国王と謁見《えっけん》していた。

「よくぞ参った、アールデルス男爵《だんしゃく》。儂《わし》の言いたいことはわかっているだろうか？」

「いえ、何かございましたか？　私の魔法が必要になりましたか？」

なんだか苛立《いらだ》っているような声色だったことから、どこかと戦争が近いのかと予想するライバルド。しかし、国王は首を横に振って言った。

「いや、違う。そなたを呼んだのは他でもない。そなたの五男……確か名をレフィと言ったな。その者について聞かせてもらいたい」

その名前を聞いてライバルドは一瞬驚くが、それを表情には出さなかった。

「レフィは一人で森の中に行ってしまい、それ以来帰ってきてません。おそらくもうこの世にはいないものかと……」

ライバルドは顔を少し俯《うつむ》ける。

この回答は誰かに訊かれたときのために用意していたものだった。

「なるほどな、そなたがそう言うのなら問題ない。そなたにすべて決定権があるのじゃな」

国王はニヤリと微笑む。

「これから話すことは、まだ儂とそなたのだけの話にしてもらってもいいか？　実はそのレフィにうちのミリーナの婚約相手になってほしいのじゃ。親であるそなたなら、レフィを承諾《しょうだく》させることができるだろう？　もし、成功した暁《あかつき》にはそなたの爵位《しゃくい》も上げさせてもらうが、いかがじゃろうか？」

「し、しかし、レフィは既に死んでおり……」

「それがレフィと名乗る少年が、ミリーナの命を救ってくれたのじゃ。今巷《ちまた》で話題のドラゴン退治の英雄というのも彼じゃよ」

「ドラゴンを退治した？　し、しかし、レフィはポーションしか作れないただの役立たず者。そんなことができるはずは……」

「そなたこそポーション作成のスキルを侮《あなど》っていないか？　高ランクのポーション作成は死者すら蘇《よみがえ》らせることも可能なレベルのポーションを作れるんじゃぞ？　そして、おそらくはレフィはかなり高いランクであったじゃろう。例えば【ポーション作成】レベル八とかそのくらいではないか？」

今までレフィが使ってきたポーションから国王はそのランクを類推していた。

してやったりの表情を浮かべた国王はそばにあったコップを掴む。そして、中に入った水を飲み始める。

しかし、ライバルドは顔を青ざめさせながら首を横に振って言った。

「い、いいえ、あの子のスキルはレベルEX。つまり、ポーション作成の最高レベルになります……」

さすがにそのレベルは国王も予想外だったようで手に持ったコップを落としてしまう。

「ま、まさかそなたはそれほどの力を持つ子を勘当……、いや、ただ迷子になっただけじゃったな。それなら、なおさらこの婚約の話、進めてくれ。もし失敗したらそのときはわかっておるな？」

国王の顔をまともに見られなかったライバルド。

これ以上ないくらい、冷や汗をだらだらと流しながら「はい……」と頷《うなず》いた。

◇■◇■◇■

パーティー用の服を買いに行く日。

出かけようとするとリルが渋い顔を見せた。

「わ、私も服を着てみたかったのだが……」

「でも、リルって姿が変わるから……。さすがに変化に合わせて、大きさが変わる服なんてないから仕方ないよ……」

事実を告げるとリルはガックリとうなだれてしまった。

「ほ、ほらっ、元気出して。パーティーが終わったら、リルのしたいことに付き合ってあげるから」

「や、約束だぞ？」

ようやく元気を取り戻したリルは、留守番を素直に引き受けてくれた。


レフィとルルカは二人で、町の方へとやってきた。

そして、ルルカは今は実体になってもらっている。

試着をする以上、実体じゃないと服を着られないからだ。

「それじゃあ早速パーティー用の服を買おうか」

店の中に入るとそこには様々な服が置かれていた。ただ、パーティー用の服は置いていなさそうだった。

「いらっしゃいませ。何をお探しでしょうか？」

店員が出迎えてくれる。

「今度王城でパーティーがあるので、そのための服を買いに来たのですけど……」

すると店員の目が光ったように見えた。

「なるほど、それなら完全特注の服になりますね。それに王城でのパーティーとなると日数も少ないですから……一着金貨五十枚ほどでいかがでしょうか？」

値段を聞いてレフィは驚きのあまり訊き返してしまう。

「金貨五十枚……ですか？」

「はい、貴族様の服となると、そのくらいはかかりますね」

（そんなにお金がかかるんだ……。いや、パーティー用の服は必要だけど、別に貴族の服じゃなくていいんじゃないかな？）

「貴族用じゃなくて普通の服だとどうですか？」

「えっと……、お二方は貴族のご子息様じゃ？」

「いいえ、違いますよ。ただ、王城から招待されたので服を買いに来ただけなんですよ」

それを聞いた店員は少し残念そうな顔をしていた。

「それでしたら店内に置かれた服を見ていってください。どれでもパーティーに着ていける仕上がりになっておりますので。お二人で銀貨四十枚ほどになります」

（それでも高いんだけど……）

普通に数十日、宿に泊まれる金額に驚きつつも、王城でのパーティーならそのくらいかかるかとため息を吐く。


服を選び終えると店をあとにした。

「お兄ちゃん、ありがとう」

帰り道、ルルカは本当に嬉しそうに笑みを見せてきた。

そして、なぜかルルカはレフィの家へとついてくる。

「えっと、ルルカのお家は貴族街だよね？」

「ううん、せっかくだししばらくはレフィの家に住むよ」

「えっ!?」

突然の一緒に住む宣言に驚きを隠しきれなかった。

でも、幽霊であるルルカを止められるはずもなく、体が通り過ぎるので邪魔にならないから、
仕方なく許可をすることになった。

◇

そして、パーティー当日になる。

実体化したルルカがそわそわして、部屋の中をうろうろと動き回っていた。

「少しは落ち着いたらどうかな？」

「だ、だって……、は、初めてのパーティーだもん。楽しみで落ち着かなくなるよ……」

パーティー用の服に着替えながら、ルルカが言ってくる。

レフィも着替えておくと、昔にパーティーへ連れていかれた時のことを思い出す。

(あのときは、いろんな人に会えるということで、楽しみだったんだよね。今になって考えると、ただ面倒なだけだったけど……)

なんで相手の顔色を窺《うかが》わないといけないパーティーに行くのか。もし、ルルカに頼まれなかったら、レフィはとても行く気がしなかった。

「準備できたよ。あれっ、お兄ちゃん？　どうしたの、怖い顔をして？」

「あっ、うん。なんでもないよ。それじゃあ、行こうか」

首をかしげるルルカと一緒に、レフィは王城を目指していった。

◇

「うわぁ……、近くで見るとやっぱり大きいね」

ルルカが嬉しそうにはしゃいでいる。その隣で苦笑を浮かべているレフィが、門を守る兵士に近づく。

やはり貴族など国の重要人物が集まるだけあって、いつもより兵士の数が多い。

(厳重に警備してるんだな……。お城の中では危険はないかな)

「招待状を……」

「あっ、はい。こちらになります」

カバンから招待状を取り出そうとすると、なぜかもふっとした何かを摑んでしまう。

(あれっ、なんだろう？　こんなものを持ってきたかな？)

不思議に思ったレフィは、それを取り出してみる。

するとカバンから出てきたのはリルだった。

「……てへっ」

かわいく舌を出すリル。

リルは連れていけないと言ったから、無理やり紛《まぎ》れ込んでいたのだろう。

レフィはため息を吐く。

「わかったよ。一緒に行く代わりに騒いだら駄目だよ」

「あぁ、私に任《まか》せておけ！」

笑顔を見せるリルにもう一度深いため息を吐く。

「それで招待状を……」

「あっ、そうでした。こちらになります」

「はっ、しっかり確認できました。あと、リル様の入場も許可されておりますが、中で元の大きさになったりしたら追い出されますので、そこだけは注意してくださいね」

どうやらリルを連れてくる許可はすでに出ていたようだ。

国王が気を遣《つか》ったのだろうとレフィは思うことにした。

「はい、ありがとうございます。ほらっ、リルもお礼を言って」

「うむっ、よくやった」

リルが偉そうに答える。

それを聞いて、レフィは慌《あわ》てて釈明する。

「ご、ごめんなさい。リルはこういう性格で……」

「ははは。大丈夫ですよ……。では、どうぞ──」

兵士に促《うなが》されて、レフィたちは王城の中へと入っていった。

◇

案内された大広間の中に入ると、すでに何人もの貴族たちが談笑をしていた。

レフィが入った瞬間に視線が集まるが、やってきたのが貴族ではないとわかると元の談笑に戻る。

（うん、こういう対応をされる方が楽でいいなぁ）

レフィはおとなしく部屋の隅の方へ移動する。

（やっぱり場違いな気がするね）

ルルカは何をしているのかと見ると、彼女はまっすぐに料理の方へと向かっていった。

苦笑しながらその様子を見ていると、ルルカが笑顔を見せて山盛りの料理を持って返ってきた。

そして、その皿をレフィに渡してくる。

「ちょ、こんなに食べられないよ」

そのあまりの量にルルカに苦笑する。

「あれっ、こういうところに来たら、たくさん食べないといけないいんじゃないの？」

「……それは勘違いだよ」

そのままだともったいないので料理を食べ始める。

(うん、やっぱりおいしいなぁ)

ルルカとリルの三人で、山のように盛られた料理を片付けていった。

◇

それからしばらくすると、だいぶ人が集まってくる。

そして、そのタイミングで激しい音を鳴らして扉が開けられた。

中に入ってきたのはライバルドだった。

何かを探しているようでキョロキョロと周りを見渡し、そして、レフィと目が合うと、まっすぐに向かってくる。

その表情は、何か余裕がなさそうに見える。

「探したぞ、レフィ！　さぁ来い！」

無理やり、レフィの手を掴もうとしてくる。

その瞬間にリルが人のサイズになり、間に割って入る。

「ぐっ、こんなところに魔物が!?　し、城の兵士は何をしている！」

「この子は僕の仲間ですよ。入城の許可も得ています。それで僕に何かご用でしょうか？」

また面倒な人に会ったなと思いながら、冷たい視線を向ける。

「何かご用ではない！　いいから来い！」

理由も告げずに手だけを差し出してくる。

すると、そんなレフィたちの様子を見るに見かねたある人物が声をかけてくる。

「いったいこんな大勢の前で何をしているんだ？」

声をかけてきたのはユーフェリアの町の領主、ユウスだった。ただ、以前のやつれた様子はなく、すっかり血色が良くなっていた。

「自分の息子に声をかけるのに理由がいるのか？」

「ライバルドはこう言っているがどうなんだ？」

ユウスが話を振ってくる。

「いえ、人違いじゃないでしょうか？　僕に親なんていませんので」

勘当されている以上、それが正しい答え方だろう。

するとライバルドは、怒りのあまり肩を震わせる。

「いい加減にしろ、レフィ・アールデルス!!　お前はこの男爵である私の息子だ!!」

「僕はただのレフィですよ。見ての通り平民ですので……」

これは安い服を買っておいて正解だった。

周りの人間もライバルドに向けて、冷たい視線を送り始めていた。

「おとなしく話してやればつけあがりやがって。もういい、問答無用で連れていってやる！」

ライバルドは右の手のひらを上に向ける。するとそこに魔力が集まっていきバチバチと雷の玉が現れる。

それを見た瞬間に周りの貴族たちは、悲鳴を上げて逃げ惑《まど》い始めた。

「ポーションを作成しか能がないお前にこれを防げるはずがないだろう」

雷の玉は次第に大きさを増していく。

（さすがにこんな場所で魔法を放ったら、どうなるかわかるでしょ……）

レフィは呆《あき》れ顔でライバルドを見る。

ただ、放置するわけにもいかなかった。

「はぁ……、なんでこうも面倒ごとばかり、僕のところに来るんだろうね……」

レフィは一本のポーションを生み出すと、それをライバルドに放り投げる。

「ポーションで目くらましでもしようというのか？　そんなものが効くわけないだろう！」

ライバルドがポーションを左手で払いのける。

その際に割れた瓶の中身がライバルドの手にかかる。それと同時に右手で作り上げていた雷の玉が消滅した。

「はぁ!?」

ライバルドから声が漏《も》れる。

「魔法無力化のポーションですよ。かかったのが体の一部でよかったですね。全身に浴びていたら、一生魔法が使えなくなるところでしたから」

それだけ言うと、レフィたちは大広間から出ていく。

「ぐっ、なんでだ！　なんで魔法の雷が出ない!!」

後ろで必死に魔法を使おうとするライバルドを残して――。

◇

「うぅ……、どう考えても目立ちすぎたよね？」

パーティーから帰って来た翌日、レフィは頭を抱えて悩んでいた。

「あれはお兄ちゃんのせいじゃないよ！」

ルルカが慰《なぐさ》めてくれる。

「ルルカが連れていってほしいって頼んだからなの。だから……ごめんなさい」

悲しそうな表情を見せてくる。

「ルルカは関係ないよ」

「そうですね。あれはレフィ様には関係ないですよ。それはお父様も認めてくださってますから」

突然の声にレフィたちは、そちらを振り向く。

すると、そこにはミリーナの姿があった。

「えっ、王女様!?　ど、どうしてここに？」

扉を開けた覚えはないのだけど……。とレフィが首をかしげていると、ミリーナの後ろにリルの姿があった。

「もしかして開けたらまずかったか？　レフィが気づいていないようだったから……」

どうやらリルが扉を開けたようだった。

「それで、どうしてここに？」

「あっ、そうでした。レフィ様には昨日暴れていた貴族を捕まえる協力をしてもらったお礼をしたいのですよ。お父様が呼んでいますので、一緒に来ていただけますでしょうか？」

また面倒ごとになりそうな予感がする。

レフィは苦笑を浮かべる。

でも、自分で蒔《ま》いた種である以上、断るわけにもいかなかった。

「……わかりました。では、一緒に行きましょう」


レフィたちはミリーナと一緒に王城へと向かっていった。

「そういえば、王女様は一人で出歩いても大丈夫なの？」

普通はもっと仰々《ぎょうぎょう》しい護衛がついてると思うのだけど、ミリーナ一人しかいない。

すると、ミリーナは小さく微笑む。

「ふふふっ、ちゃんと護衛はいますよ。ただ、私に配慮して見えない場所に隠れているのです」

「なるほど、それで姿が見えなかったんですね……」

納得するのと同時に、どこに隠れているのだろうと周りをキョロキョロ探してしまう。

そして、そんなことをしているうちに王城にたどり着く。

すると、早速個室の方へ案内される。

「お父様、よろしいですか？」

「あぁ、入れ」

中にいる国王に確認を取ったあと、扉を開けてくれるミリーナ。

「よく来てくれた。昨日は我が国の貴族が乱暴を働いて申し訳なかった」

国王が頭を下げてくる。

「い、いいえ、頭を上げてください。あれは僕とあの人の問題ですから」

少し慌てるレフィ。ただ、国王が更に言葉を続ける。

「そうじゃな。一応そなたも元はアールデルスの人間じゃもんな」

「……!?　いえ、僕はただのレフィですよ」

「そういうことにしておこう。ただ、以前そなたに話したミリーナとの婚約の件は、相手が貴族なら親にも話を通しておく必要があるのじゃ。それで直接話させてもらった。そこで明らかに仲違《なかたが》いしている様子じゃったから、概《おおむ》ね事情は察しておるよ」

（それならたくさん人がいる場所に呼ばないでほしいんだけど……）

レフィは心の底からそう思ってしまった。

「アールデルス男爵も元は王国の魔法部隊を率いておった上に、本人の実力もあって信頼はしていたのじゃが、なにぶん魔法以外を信じることができない魔法バカじゃったからな。それを矯正《きょうせい》しきれなかったのは儂《わし》のせいでもある。だからもう一度謝らせてくれ」

再び国王が頭を下げてくる。

「な、何度もいいですよ。僕を困らせるためだけに呼んだのですか?」

「そうじゃった。此度《こたび》のそなたの働きに恩賞を与えようと思う」

ようやく本題に入ってくれる。

そのおかげで先ほどまでの居心地の悪い雰囲気が払拭《ふっしょく》された。

「まずは爵位じゃな。これはそなたが男爵の元息子というややこしい立場になってしまったから提案させてもらう。ドラゴン退治や溝の掃除等、充分すぎるほど功績もあげておるわけじゃしな。文句なしに与えることができるのじゃ」

笑みを見せてくる国王。ただレフィは気乗りがしなかった。

(爵位なんてもらっても、面倒なことになるだけだよね? そんなものいらないんだけど)

「次はもちろんミリーナとの婚約の件だ。文句なしにそなたなら任せられる。ぜひもらってやってほしい」

ミリーナが頬を染めながらレフィのことを見てくる。

ただ、爵位を授るのと同様に王女と婚約するなんて考えたくもなかった。

「ど、どちらかを選べということですか……?」

「もちろん今言ったものを両方だ」

国王が今までの中で一番な笑顔を見せてくる。

（うっ……、さすがに両方はないよね……。片方でもやっかいなのに……）

真剣に悩んだ後、レフィは答える。

「すみません、すべて遠慮させていただきます」

レフィが頭を下げると、国王は驚きの表情を見せる。

「ど、どうしてじゃ!?　考えうる限り最高の褒賞《ほうしょう》を用意したと思うが？」

「いえ、僕には荷が重いです……。そこまでしてもらえるほどの功績は上げていませんので……」

「……そんなことはないのじゃがな。それなら今回も金貨を渡させてもらおう」

少し残念そうな国王は、レフィに金貨を渡してくる。

そして、それを受け取ったあと、レフィは部屋を出ていった。

◇■◇■◇■

「今回もダメじゃったか……」

レフィが出ていった扉を見て、国王は深々とため息を吐いていた。

「大丈夫ですか、お父様」

「強敵じゃな、レフィは。あれほどの力の持ち主、なんとか我が身内に欲しいのじゃが、それを察してるのかうまくかわされてしまう。どうにかする方法はないじゃろうか……」

爵位もダメ、ミリーナでもダメ。そうなると国王には打つ手がなかった。

「なんとかレフィの喜ぶことを考える必要があるな。あやつを他の国に取られるわけにはいかない。あとはライバルド男爵の処遇も考える必要があるか――」

◇■◇■◇■

「どうして、こんなことになってしまったんだ……」

ライバルドは牢の中でうなだれていた。

確かに国王からの褒賞に目が眩《くら》んだこともある。ただ、今から考えるとあの場で魔法を使おうとしたのはどう考えてもやりすぎだった。

「それもこれもレフィのせいだ！」

未《いま》だに右手に魔力を込めるがピクリとも反応しない。

どうやら本当に魔法が使えなくなっているようだ。

（でも、ミリサなら……。回復魔法が使えるミリサならこんな不可解な状態も治してくれるはずだ。それならばなんとしても彼女に会わねば……。そのためには……どうにかしてこの牢を出ていかないと!!）

◇■◇■◇■

王城を出てきたレフィが町を歩いていると、急に声をかけられる。

「やぁ、レフィくん。また会ったね」

振り向いてみるとそこにいたのはユウスだった。

「昨日は挨拶もできず失礼しました。お元気になられたようで何よりです」

「君のおかげだよ。でも、お礼をする前にいなくなるなんてひどいじゃないか」

だって、ユウスに伝えるとレフィ自身の正体まで知られてしまうのでは、という危惧《きぐ》があったから仕方ないよ。……とは言えずに、ただ乾いた笑みを見せるにとどめた。

「ごめんなさい。ちょっと先を急ぐ用事がありますので……」

「うん、だいたいこの町に来て事情を察したよ。ドラゴンが現れたと聞いて急いでこの町に来たんだよね？」

「う、うん、そうです。ド、ドラゴンは危険ですもんね……」

これは、とても食べたいから倒したとは言えない雰囲気だね……。

「それはそうと、あのときのお礼をするのをまだ忘れてないよ。なんでも欲しいものを言ってくれていいから」

（急にそんなことを言われても困るな……。お金はさっき大量に国王様にもらったし。特にこれといってほしいものは……。あえて言うなら面倒ごとが起きない静かな場所で過ごしたい……ってことくらいだけど、それはこの人に伝えた時点で叶《かな》わないもんね。誰も知らない場所……、例えばまったく違う国に行くとかも面白そうだよね。あっ、そうだ！）

「それなら依頼がほしいです！　何か僕にしてほしいことってないですか？」

レフィに来る依頼の大半が溝の浄化だった。これは最初に兵士長からの依頼を解決したのが大きい。

それなら、同じように別の依頼を解決したら、それと似た依頼が来るんじゃないだろうか？と、そんな淡い期待を抱いて訊いてみる。

「そうだな、それならちょうど困っていた問題があるのだが、それを頼んでもいいだろうか？ただ、それではお礼にならない気が――」

「お礼です!!」

レフィがはっきり言い切るとユウスは腑に落ちない様子ながらも依頼の内容を伝えてくれる。

◇

「それで受けた依頼がこれなのか？」

リルが呆れた表情を見せてくる。

それもそのはずで、レフィたちの前にあるのは怪《あや》しげなお城だった。

「うん、溝の浄化以外の依頼が欲しいと言ったんだよ……」

「でも、浄化には違いないな……」

一応ユウスはもともと人が住んでいたところだと言っていた。

ユウスからの依頼は、ここの中を綺麗にしてほしいとのことだった。

（おそらくはあの汚れ落としのポーションを見ての依頼だろうけど、それだけでは終わらないよね）

「それにしてもずいぶん王都から離れてしまったけど、ルルカは大丈夫なの？」

「んっ？　何が心配なの？」

不思議そうな表情を見せてくるルルカ。

「もしかして、町を離れても平気になったの？」

「あっ、そういえば町から離れても全然大丈夫だね。前までは離れることなんてできなかったのに……。どうしてだろう？」

今さらのようにルルカが首をかしげていると、リルが怪《あや》しげな目つきをして言った。

「もしかして、実体を持たすだけじゃなくて、蘇生までさせてしまったのか？」

「そ、そんなことありえないよ。蘇生ポーションなんて僕は――」

ポンッ！

レフィの手元に一本のポーションが現れる。

状況を考えるとどう考えても蘇生ポーションだろう。

「……」

「……あ……はは……」

目を細めて、じっと見てくるリル。

レフィは乾いた笑みを浮かべながら、とりあえず蘇生ポーションなんて持っていても厄介ごとにしかなりそうにないので、その辺に流しておいて、何も見なかったことにした。

「うん、よし！」

「『よし！』じゃないだろ！　あんなものの存在を知られたら国家間レベルでの奪い合いになってしまう！　どうしてそんなものを作るんだ！」

「リルが怒るのもよくわかるよ。こんなもの持っていると争いの火種になるもんね。でも勝手にできたんだから仕方ないでしょ」

二人でそんな言い争いをしていると、ルルカが注意してくる。

「二人とも、油断してたら危ないよ。なんだかここにいる幽霊……おかしいの。怖がらせたり、驚かせようとはしていないような……？」

ルルカが手を額《ひたい》に置いて悩んでいた。

「驚かそうとしてないってことは害はないの？」

「ううん、もっとこう……殺意？　みたいなのを感じるの……」

不安げに城を見上げるルルカ。

そんな彼女の頭にレフィは手を置いた。

「大丈夫だよ。今回はなんていったって、いいものがあるんだからね！　浄化も一瞬で終わるよ！」

レフィはカバンの中をあさり、道具を一つ取り出した。

「ジャーン！　霧吹《きりふ》きだよー！　これに幽霊浄化用のポーションを入れて吹けば広範囲に撒《ま》けるよね」

にっこりと微笑むレフィ。

ただ、リルは眉をひそめていた。

「それ、撒いてしまうとルルカも消えてしまうんじゃないか？」

「そ、それもそうだね。……うーん、それならポーションの効果対象は実体を持たない相手……に限定しよう。ルルカは幽霊を浄化するまでの間は、実体化ポーションを飲んでおいてね。うん、これなら大丈夫」

なおも微笑むレフィに対して、リルは呆れ顔を浮かべていた。

◇

レフィたちはゆっくりと館の中に入っていく。

そこは王城の広間と変わらないほど広い部屋。

「よし、早速この霧吹きを使ってみるよ！」

部屋中に霧吹きでポーションを撒いてみる。

（ぐおぉぉぉぉ……）

悲鳴のような声が聞こえるが、それはすぐに消えていった。

「この部屋の幽霊はいなくなったよ」

ルルカが教えてくれる。

やっぱり自身が幽霊なだけあって、どこにいるかとかもわかるようだ。

「他の部屋も案内してくれる？」

「うん、任せておいて」

それからルルカの案内で部屋から部屋へと、片っ端から浄化して回った。

「これで全部回ったかな？」

「うーん、まだ強い力の幽霊がいるんだよね……。どこだろう？」

「でも、部屋は全部回ったよね？」

首をかしげて再び城の中を見て回る。

しかし、幽霊の姿はなかった。

「やっぱりいないね」

「レフィ、ここの床が怪しいぞ」

リルが前足でこんこんと床を叩いて言った。

（何がおかしいのかな？）

レフィもその床の部分を軽く叩いてみる。

すると明らかに違う音が響いた。

「もしかしてここって？」

よく見るとその床には、なぜか取っ手があった。

その床を持ち上げてみると、地下へと続く階段が現れた。

そして、そこからとてつもない邪気を感じる。

「ここだよ、ここから強い力を感じるよ！」

ルルカに言われるまでもなく、レフィにもその力は十分すぎるほど感じられた。

「でも、幽霊に変わりないんだよね？」

「うん、そうだよ」

「それなら……」

普通に幽霊浄化ポーションを流してみる。

「そ、それはいくらなんでも……」

ルルカは眉をひそめる。

（でも、危ないことはしたくないから、こうやって浄化した方がいいよね？）

すると、突然目の前に半透明の男の幽霊が現れる。

「と、突然消そうとする奴があるか！　普通はこうやって隠れている相手は、ボスと決まってるだろ！」

幽霊なのに声を上げてくる。

特別な幽霊なのだろうな。自分からボスとか言ってるし、ここの幽霊たちの首領格なのかもしれない。

「とにかく俺はこの城の幽霊をまとめあげてるんだ。それはつまり、俺の一声で幽霊たちを呼び寄せることもできるんだ！　来いっ！」

……。

静寂《せいじゃく》が場に漂うだけで、何も変化はなかった。

「ど、どうしてだ！　なぜ誰も来ない！」

「えっと、呼んでるのってこの周りにいた幽霊たち？」

「あぁ、そうだ！　ここならいくらでも……」

レフィは少し言いづらくて、鼻の頭を掻きながら伝える。

「えっと、全部浄化しちゃったよ……」

「はっ!?」

驚きの声を上げる幽霊のボス。

再び沈黙が場に漂ったかと思うと、幽霊のボスは手を上げて背を向ける。

「それじゃあ俺はこの辺で失礼するぞ！」

地下の部屋に戻っていこうとするので、再び浄化ポーションをかけておく。

「ぎゃ――――!!」

悲鳴を上げてその場に倒れる幽霊のボス。

「あれっ、浄化されない？」

「い、いきなり後ろから攻撃する奴があるか!?」

「えっ、だって、悪い幽霊なんでしょ？」

「うん、すごく悪い人……」

ルルカがはっきり言い切る。

「そ、そんなことないぞ。ほらっ、俺はまだ何もしていない。だから見逃してくれよ……」

両手を上げて無害をアピールする。

さすがにここまでされると可哀想になってくる。

「本当にこの幽霊って恐ろしい幽霊なの？」

不思議に思って、ルルカの方を向いて訊いてみる。

その瞬間に幽霊は目を光らせ、レフィに向かって飛びかかってきた。

しかし、その攻撃はリルが撒いた浄化ポーションで防がれる。

「ぎゃ――――！」

再び悲鳴を上げる幽霊。

「レフィ、油断するな！　こいつは間違いなく危ない奴だ！」

「う、うん……、そうみたいだね……。ありがとう。でも、どうして浄化ポーションが効かないんだろう？」

レフィは不思議に思って首をかしげる。

今使っている浄化ポーションは実体がある相手には効かない。だから、ルルカは平然としてる。

（でも、この幽霊は……）

レフィは痛みのあまり転がりまわる幽霊に近づく。

そして、軽く触れてみるとしっかり触ることができた。

(なるほど、半分実体があるって感じなのかな)

レフィは納得して頷くと、今度はしっかり半分実体のある幽霊まで効く浄化ポーションを作り出す。

「ちょ、ちょょっと待て！　俺はまだ浄化されたく――ぎゃぁぁぁぁぁぁ!!」

今度こそ消えてしまう幽霊のボス。

「これでよかったんだよね？」

「うん、この辺りには幽霊の気配はなくなったよ」

ルルカの言葉にようやくレフィはホッと人心地つくことができた。

◇

幽霊城から戻ってきたレフィたちは、早速その結果をユウスに伝えた。

「そうか……。強力な幽霊が住み着いていたんだな。ありがとう、これで安心してあの城を手放せ……、いや、贈ることができるよ。そうだ、何だったらレフィくんにあげようか？」

「絶対いりません！」

(あんな大きなお城、絶対に目立つし、それに広すぎて移動が大変だし、住み心地悪そうだし、

それなら今の家の方が絶対にいいよ)

即答するレフィを見て、ユウスはため息を吐く。

「まぁ、幽霊の棲処《すみか》だった城なんて気味が悪いからな。それじゃあ仕方ないか」

(理由は違うんだけど、まぁそれでいいかな)

「これが本当のお礼だよ。あとは、今すぐじゃなくてもいいし、何か困ったことがあったら頼ってきてくれ。私にはそのくらいのことしかできないが……」

ユウスは金貨が入れられた袋を渡してくると自分の宿へ戻っていった。


それからしばらくして、まだユウスが王都に残っている理由がわかった。

「えっと、もう一度パーティーを開く?」

再びレフィのもとにパーティー案内の手紙が届いた。

それを兵士から受け取った瞬間に、レフィはため息を吐いていた。

そして、ルルカの方を振り向くと彼女は首をかしげる。

「パーティー?　一度行ったからもういいよ。だってあんまり楽しくなかったもん」

(始まってすぐに帰ったからね……。まぁ、ルルカが行くつもりないのならわざわざ出る必要ないかな)

ひとまず、レフィはこの手紙の存在を忘れることにした。

「パーティーより今日の依頼だね」

レフィはパーティー案内以外に届いていた手紙を見る。

そこに書かれているのは、すべてレフィに対する依頼なのだが、そのことごとくが浄化に関するものだった。


『幽霊騒ぎのある家の浄化』

『別の町にある溝の浄化』


（いつもこなしている依頼ばかりだね。やり慣れている分簡単に終わるけど……）

パラパラと依頼の手紙を眺めていると妙に高価な紙を使って送られてきた手紙があった。

神の御使《みつか》い様
あなた様こそが我が国の信仰の対象である神、ミルティナ様の御使いに違いない。
なればこそ、我々は近々あなた様をお迎えに上がろうと思う。
ミクロマルク聖教国教祖ユグニクス・アウランデーゼ

「なんだろう、これ？」

「お兄ちゃん、何が書かれていたの？」

レフィの表情を不思議に思ったのか、ルルカが手紙を覗き込んでくる。

そして、レフィ同様の反応を見せる。

「えっと、お兄ちゃんって御使い様だったの？」

「ち、違うよ!!」

そもそもレフィはミクロマルク聖教国なんてところすら知らなかった。

（どうやって僕のことを知ったんだろう？　それにこの家の住所も……）

なんだか、その手紙がすごく怪しいものに見えてきて捨てたくなる。

でも、後々必要になるかもと一応手元に置いておくことにした。

そして、依頼を放っておくわけにもいかなかったので、依頼の手紙をまとめていった。

# 5 ライバルド

そして、依頼をこなしつつ数日が過ぎた。

普段と変わらない生活を送っていたある日、玄関のドアが叩《たた》かれた。

「誰か来たのかな？」

レフィは玄関の方に向かっていき、扉を開ける。

すると突然扉の外にいた男の人が頭を下げてくる。

神官服に身を包んだ中年男性。

当然ながらレフィは会ったことのない人物だった。

「お初にお目にかかります。御使い様……」

レフィはキョロキョロと周りを見る。ここはとぼけるに限る。

どう考えても面倒ごとを運んできたようにしか思えない。

「お兄ちゃんのお客さんじゃないの？」

ルルカが不思議そうに訊《き》いてくる。

「うん、ルルカにお客さんだよー」

「い、いえ、そちらのお嬢さんではなく、あなた様にお話があるのです」

「えっと、僕に用とのことでしたら、なんで御使い扱いされているのですか？」

「それはあなた様が上級クラスの幽霊を浄化することのできる能力者だからです。それほどの神聖魔法の使い手なら御使い様に違いないと」

レフィはため息を吐《つ》いていた。

「だから僕は御使いではないですよ」

「いえ、あなたこそ真の御使い様に違いありません。我々と一緒に聖教国へ参りましょう」

無理やりレフィの手を摑もうとしてくる。

すると二人の間に割って入るようにリルが姿を見せる。

「いい加減にしろ。レフィを無理やり連れていくのであれば私が相手になるぞ」

リルが鋭い視線を男性に向けるが、彼は涼しい顔つきをしていた。

「無理やりだなんてとんでもない。我々は御使い様のご意向のままに動くのですから。本日は突然の訪問で困惑《こんわく》されているご様子なので、また日を改めさせていただきますね」

男性は頭を下げて去っていった。

その様子を呆然《ぼうぜん》と見ていたレフィは、苦笑を浮かべる。

「なんか、すごく面倒なことに巻き込まれた気がするよ……。さすがにひどくなったら別の国に行こうかな？」

「ダ、ダメだよ！　お兄ちゃんはルルカと一緒にこの国にいるの！」

ルルカがぎゅっと抱きしめてくる。見た目だけは……。

実際は体をすり抜けているので、レフィには何の感触もしなかった。

「あのついこないだ浄化した幽霊、意外と有名な奴だったのかもしれないな。あいつが消えた気配を感じて、今の変な奴が来たのかもな」

リルがポツリと呟《つぶや》いた。

「それにしては、簡単に倒してしまったよね」

それに、あの人は神聖魔法と言っていた。

でも、レフィ自身が使えるのはポーション作成だけ。

そこをうまく伝えれば、あの人からは逃れることができそうだ。

◇■◇■◇■

ミリサは何度も王城に出向き、夫ライバルドに会えるように訴えていた。

ただし、一度も会うことができなかった。

（どうして……？　普通は妻が来たのなら会うことができるはずなのに、よほどのことをしてしまったの?)

知り合いに当たってみても皆一様に口を閉ざしてしまう。

確かに魔法こそすべて……という魔法至上主義な考えはあったけど、それで何かトラブルを起こすような人ではなかった。

(あの人に何があったの?)

ミリサは不安に思いながら王城を見上げていた。すると壁の一部が欠けていて、穴が開いているのが見えた。

(こんな穴、あったかな?)

不思議に思うミリサだが、それでも今はそれどころじゃないと中に入っていった。

◇■◇■◇■

怪《あや》しげな聖教国のことを相談した方がいいかなとレフィは王城へとやってきた。

すると王城は何やら騒がしかった。

「何かあったのですか?」

「あっ、ドラゴン討伐《とうばつ》の……。実は、何者かに王城の壁を壊されてしまいまして……」

近くにいた兵士に話しかけると詳しく教えてくれる。

よく見ると、確かに人一人が入れそうなくらいの穴が開いていた。

「それとアールデルス男爵《だんしゃく》が行方《ゆくえ》不明ですので、現在そちらも併《あわ》せて捜索中となります」

どうやらライバルドが逃げ出したようだ。

(あれっ？　でも、魔法は封じていたよね？　さすがにまだ効果は切れていないと思うんだけどな……。もしかして、協力者がいるのかな？)

「多分、お母……ミリサさんか。回復魔法のスペシャリストだって聞いたことがある……」

それで、レフィの魔法無効の効果を解いてしまったのだろう。

とりあえず、詳しいことを訊くため、その兵士に謁見《えっけん》の間《ま》に案内してもらう。


「よくぞ参った、レフィよ。して、今回は何の用じゃ？」

「実は、ミクロマルク聖教国の使者という人がうちにやってきまして……」

そのことを伝えた瞬間に国王は驚きのあまり、大きな音を鳴らし席を立っていた。

「そ、それで、その用事はどのようなものじゃったのだ？」

「なんでも僕を聖教国へ連れていきたいみたいです」

「そ、それはダメじゃ!!」

国王が慌《あわ》てたように大声を上げる。

「えっと……、まぁ、断ったらまた来ると言ってました」

「よし、それならばそなたに護衛をつけよう！　千……いや、二千ほどいればいいか？」

「いやいや、いりませんよ！」

第一それだけ人数を集められるなら、もっと王女様に護衛をつけてあげてほしい。

そんなレフィの考えを読み取ったのか、国王はため息を吐きながら答える。

「護衛をつけようとしておるのじゃが、ミリーナが勝手に出ていくせいで最低限しかつけられないのじゃ……」

「おっと、それよりもそなたじゃ。本当に護衛はいらないのか？」

「はい、僕にはリルもいますから……」

肩に乗っているリルの頭を軽く撫《な》でる。

「神狼《しんろう》じゃな。確かに神狼とそなたのポーションがあれば、そうそう敵はいないじゃろうな」

褒《ほ》められたリルは嬉しそうだった。

「そうだ、国王様。さっき兵士の人に聞いたのですけど、牢から……」

「あぁ、アールデルス男爵《だんしやく》のことじゃな。しっかり兵士に見張らせていたのじゃが、それも倒されていた。少し油断しすぎたかもしれぬ。魔法使いとしてはかなりの実力者じゃったもんな。とにかく今そっちは必死に捜索しておる。ただ、狙《ねら》いはそなたじゃろうからくれぐれも注意してくれ」

国王から心配されたのでレフィは頷《うなず》く。

そして、謁見の間をあとにした。

「なんかさっきの国王様の言い方、まるで僕とあの人が会うと思ってるみたいだったね」

「まぁ、向こうが探しているなら、そのうち会うかもしれないな」

「リルは気配を感じない？」

「この町は強い気配が多すぎる。どれがレフィの親か判断がつかんな」

リルは首を振って言った。

「やっぱりそう簡単にはいかないか……。でも、向こうから会いに来るなら突然襲われないように警戒だけはしておいたほうがいいのかな？　……それにしても最近なんだかトラブルが多くないかな？　僕としてはもっとのんびり過ごしたいんだけど……」

「仕方ないだろう。レフィの力は誰でも欲《ほっ》するものだろうし……。それに、そんなことを言ってると、またトラブルに巻き込まれるぞ！」

ドゴォォォォォン!!

突然そばの建物が破壊される。

「見つけたぞ、レフィ!!　今度こそ覚悟しろ!!」

そこから現れたのは目が血走り、怒りのあまり額《ひたい》の血管が浮き出ていたライバルドだった。

全身からバチバチと雷の魔力を纏《まと》っていた。

ただ、この前以上に冷静さを欠いている様子だった。

以前のライバルドならこんな町の中で魔法を放つなんてことはしなかったはずだ。

「とにかく、危ないね」

レフィは魔法無効化のポーションを投げつける。

ただ、それはライバルドの雷の魔法が防いでしまう。

割れた瓶から飛び散った中身は、一瞬で蒸発させられ、ポーションがライバルドにかかることはなかった。

「くくっ、そんなポーション、やり口さえ知ってしまったら防ぐことくらい容易だ」

「なるほどね……」

やっぱり直接かけるものは簡単に防がれてしまう。

「わかったよ、それじゃあ次はこれでどうかな?」

レフィは新しいポーションを生み出すとそれを一気に飲み干す。

その瞬間にレフィを覆《おお》うように魔力が集まっていった。

◇■◇■◇■

「い、いったい何を飲んだんだ!?　お前が魔力を纏えるなんて……」

驚きのあまり一歩後ろに下がるライバルド。

「……ただのポーションですよ。効果は魔法が使えるようになること――」

「う、嘘だっ!?　だ、だってそんなものがあるなら……」

「ええ、正直これは使いたくないいんです。だって、制御ができなくて、常に高威力の魔法しか放てないから――」

「くっ、こんなはずでは……」

突然ライバルドは走り出してレフィのそばから離れていく。

もちろん本当なら戦うつもりでいた。ただ、あの魔力量を見た瞬間に本能で悟った。

どうやっても自分では勝てない……と。

それほどの魔力を操って放つ魔法。興味はあるものの、その身に受けたいわけじゃない。

ここは一旦退《ひ》いて、体勢を立て直すしかない。

そうだ、ミリサと一緒ならなんとか対抗できるかもしれない。

牢まで来てくれて魔法無効化を解いてくれた上に、外に出してくれた彼女なら――。

◇■◇■◇■

ライバルドが逃げ去ってから、レフィは呆然《ぼうぜん》とその場に立ち尽くしていた。

「どうした、レフィ？　早く追わないか？」

「えっ、うん……。追わないといけないよね」

「何か不安なことがあるのか？」

レフィが顔を俯《うつむ》けていると、リルが心配してくれる。

「ちょっとね。それよりも今は追いかけようか」

レフィもライバルドが去っていった先へと急ぐ。

そして、町を出たすぐそばの木の下でライバルドの姿を発見した。

彼の隣にはミリサの姿もあった。

ただ、その様子は何か変であった。どこか目に光が宿っていないように見える。

「やっぱりミリサの回復魔法はよく効くな。これならあいつにも勝てそうだ！」

「ええ、勝てますよ。私の回復魔法がありますから……」

まだ怪我《けが》もしていないライバルドに回復魔法をかけるミリサ。

二人の様子にどこか違和感を覚え、首をかしげるレフィ。

すると、突然手を前に出してライバルドが魔法を放ってくる。

幾筋《いくすじ》にも分かれた雷の魔法がレフィに襲いかかる。

（えっと、これを防ぐには……）

「ファイアーボール！」

魔法の中で覚えている名称を唱えてみる。

すると、レフィの手から巨大な……、レフィの家ですらすっぽり包み込みそうなほどの巨大な火の玉が現れる。

「これを投げればいいんだよね……？　えいっ！」

放り投げた火の玉は、襲いかかってくる雷を飲み込んで、そのままライバルドに向かっていく。

「う、嘘だろ!?　お、俺の魔法は上級雷魔法だぞ？　それをあんな初歩的な魔法にやられるなんて……。と、とにかくあの魔法を防がないと！」

ライバルドは両手を前に突き出して、全力で魔力を放出する。

バチバチと放出された雷の魔力によって、ライバルドの目の前に薄い壁が作り出される。

「魔力で作った魔法障壁《しょうへき》だ！　これはさすがに破れないだろ……」

火の玉が魔力障壁にぶつかり、激しい音を立てて爆発する。

ドゴォォォォン!!

「ぐ、ぐぉぉぉぉ……」

吹き飛ばされていくライバルド。

「そ、そんな高威力の魔法が使えるなんて……。勘当なんてするんじゃなかった……」

ライバルドが力尽きて地に伏せる。

しかし、ミリサはライバルドを救いに行こうとはしない。

(このままだと命が危ういのに……)

放っておいても良かったのだが、さすがに死なれては夢見が悪いので、回復ポーションを飲ませておく。そのついでに魔法無効化のポーションもかけておく。

ミリサの方にも魔法無効化のポーションを使うと、あまりに様子がおかしいので、別のポーションも使ってみる。

(だれかに催眠系の魔法を使われたのかな……?)

ミリサに催眠解除のポーションを飲ませると、ついでにライバルドにも飲ませておいた。

するとしばらくしたらミリサの目に光が宿る。

「あ、あれっ、ここは?」

不思議そうに目をぱっちり開ける。

そして、周りを見渡してライバルドが倒れていることに気づく。

「あ、あなた、ど、どうしたのですか!?」

まるでここにいなかったような反応を見せるミリサ。

するとライバルドもゆっくり目を覚ます。

「ぐっ、俺はいったい……？　確か牢に入れられて……、ってお、お前はレフィ!?　どうしてここに？」

二人とも記憶が曖昧《あいまい》な様子だった。

「むしろなんでお二人がここにいるのか、僕が訊きたいですよ！　どうしてですか？」

「そんなこと知るか！　誰か牢に来たかと思うと気がついたらここにいたんだ！」

「私は少しだけ記憶があります。確かユグニ……みたいな人と最後に会いました」

ミリサが教えてくれる。

どこかで聞いた名前だな……とレフィが首をかしげていると、兵士が数人、走ってくる。

「こ、こちらですごい爆発が起こりましたけど……って、アールデルス男爵!?　ここにおられましたか。一緒にご同行願います」

「あぁ、連れていってくれ」

兵と一緒に去っていくライバルド。

「わ、私も同行します」

彼らを追いかけてミリサもついていく。

◇

ライバルドの一件が片付くとレフィたちは家に帰ってきた。

そこまではよかったのだけど、自室に戻った瞬間にレフィはスイッチが切れたようにベッドに倒れ込んでしまう。

「うぅ……、やっぱり慣れないことをすると筋肉痛……、魔力痛かな？　になるね。えっと、魔力痛に効くポーションは……」

すでに魔法が使える効果は切れている。

ただ、その反動は本来なら魔法を使えないレフィには大きかった。

魔力痛用のポーションは作り出せたもののそれを飲むところまで体を動かせなかった。

「もう、お兄ちゃん、眠ったままポーションを飲むのはお行儀が悪いよ！」

ルルカが的外《まとはず》れな注意をしてくる。ただ、ちょうどいいタイミングかもしれない。

「ごめん、ルルカ。そのポーションを飲ませてくれないかな？」

「お兄ちゃん、どうかしたの？」

「ちょっと体が痛くて動けなくて……」

「わかったよ。ルルカに任《まか》せて！」

頼られたことが嬉しかったようで、ルルカは笑顔でポーションの瓶を拾うと、それをレフィに飲ませてくれる。

するとあっという間にレフィを襲っていた魔力痛が治ってしまう。

「ありがとう、おかげで助かったよ」

ベッドから体を起こすとルルカにお礼を言う。

すると彼女は嬉しそうに頬《ほお》を染めて言った。

「それよりもお兄ちゃん、もう体調は大丈夫なの？」

「うん、もう大丈夫だよ」

ただ、さすがに疲れたのでそのまま寝ようとする。

すると、テーブルの上に置いてあったミクロマルク聖教国からの手紙に目がいく。

「あっ、これは……。っ!?」

手紙に書かれた差出人の名前に視線が吸い寄せられた。


ユグニクス・アウランデーゼ。


聖教国の教祖。

そして、ミリサが言っていたユグニ……って人。

もしかするとこの人がライバルドとミリサを操っていた張本人かもしれない。

このまま放っておくとどう考えてもまずいよね？

（一度聖教国へ行って、この人と話をしたほうがいいかもしれないね）

面倒ごとに巻き込まれたなとレフィは深々とため息を吐くと、今だけはゆっくり休むことにした。

# 6 アシッド村

Have a happy potion life

翌朝、ミクロマルク聖教国に行くことをリルたちに相談してみる。

すると、リルはあっさり頷《うなず》いてくれた。

「もちろん私もついていくぞ！　そもそもレフィには移動手段がいるだろう？」

「ルルカはこの町から出られないし、お留守番してるね」

素直に引き下がるルルカ。

（幽霊である彼女に無理をさせるわけにもいかないもんね）

「わかったよ。それじゃあルルカ、家のことは任《まか》せたよ」

「うん、お兄ちゃんの家はルルカがしっかり守ってあげるからね」

ルルカは嬉しそうに笑みを見せていた。

「それなら準備できたら早速行こう。あっ、でも、この町に来てる使者の人には内緒だよ」

必要なものを一式買いに出かけようとすると、外にはニコニコと微笑む使者がいた。

ちょうど扉をノックしようとしていたところらしい。

「お話、聞かせていただきました。我が国に来ていただけるのですね！　それならば僭越《せんえつ》ながら私が道案内を……」

「いえ、僕たちが勝手に行くので大丈夫です」

「そ、そんなことを言わずに。御使《みつか》い様には、是非私とともに来てもらいたいんですよ」

なぜか『私と』の部分を強調して言ってくる。

（もしかして、僕と一緒に行くとこの人にメリットが？）

まぁどう考えても面倒ごとにしかならないよね。

「いえ、僕たちの好きにさせてもらいます」

それだけ言うとレフィたちは男の横を走り抜けた。

◇■◇■◇■

「な、なんじゃと!?　レフィがこの町を出ていったじゃと!?」

兵士から報告を受けた国王は驚きのあまり声を荒らげた。

「な、なぜじゃ!?　わ、儂《わし》が何かしたと言うのか？　とにかくすぐに追いかけるのじゃ！」

「はっ！」

兵士が慌《あわ》てて出ていくと、入れ違いでミリーナが入ってくる。

「お父様、何かあったのですか？」

「ミリーナか……。実はレフィがこの町を出ていったようなのじゃ……前に話していたのでおそらく行き先はミクロマルク聖教国だと思うが」

「レフィ様が!?」

ミリーナも驚きのあまり口をぽっかり開けてしまう。

「そ、そんな……、どうして、レフィ様が？　こ、こうしてはいられません。お父様、私もミクロマルク聖教国に行ってきます」

「ちょ、ちょっと待つんじゃ！　今ミクロマルクへ行くのはまずい！　彼《か》の国は今、新教祖の座を巡ってピリピリしておるのじゃ」

「どうしてそんなところに？　も、もしかしてレフィ様は誰かからの依頼を受けたのでしょうか？」

「そ、それじゃ！　きっとこの争いを解決してほしいとでも頼まれたんじゃろうな」

「それなら確認のために私が……」

「そ、それじゃとミリーナが危険な目に……」

「いえ、私はレフィ様のためなら平気ですよ」

微笑むミリーナに対して、国王は頭を悩ませる。

「よし、わかった。兵士長と魔法部隊長、あとはいつもの護衛をつけてなら行っていいぞ」

「ありがとうございます！」

ミリーナが抱きつくと国王は頬《ほお》が緩《ゆる》み、目尻がだらしなく下がってしまう。

するとと突然扉がノックされる。

「国王様、失礼いたします」

それに驚き、ミリーナが離れてしまうと国王は少し残念そうな表情をして答える。

「入れ！」

「はっ！」

兵士が部屋に入ってくる。

「して、どうしたのじゃ？」

「レフィさんの行き先がわかりましたのでご報告を。レフィさんは神狼《しんろう》に乗ってミクロマルク聖教国方面へ向かっていった模様です。ただ、この国に来ていたミクロマルクの使者を置き去りにしたまま……」

「ど、どういうことなのじゃ？　依頼を受けたのなら、依頼人を放置していくなんてあるはずがない……」

ますますレフィという人物がわからなくなって、国王は困惑《こんわく》していた。

◇■◇■◇■

「そろそろ撒《ま》いたかな？」

元の姿に戻ったリルの背中に乗って移動する。

そっと背後を見ると、誰もついてきていないのでホッとした。

「なんか妙にしつこかったよね。あと僕は御使いじゃないのに」

「……本当は御使いじゃないのか？」

リルが疑惑の言葉を投げかけてくる。

「まぁ、私としては別にどちらでもいいが、レフィのポーションは神のごとき力を持つからな」

「僕のはただのスキルだよ！　それよりもあとどのくらいで着くかな？　まだ日がかかりそうなら、休めそうなところを探して――」

「この近くに小さな村がありそうだな。そこに向かうか？」

リルがちょうどいいタイミングで村を見つけてくれる。

「うん、それじゃあよろしく頼むね」

「ただ、この辺りの空気はなんだか変だな。警戒しておいた方がよさそうだ」

リルが注意を促《うなが》してくる。それならとりあえず用心はしておこう。

レフィは霧《きり》吹《ふ》きに空気浄化ポーションを入れて辺りに噴霧《ふんむ》しておいた。

「むっ、何をしてるんだ？」

「気にしないで。一応対策だけはしておこうかなと……」

「……？　あぁ、何をしたのか知らないが、わかった」

それでいいのかなと思いながらも、それ以上リルが追及してこないので気にしないことにする。

（でも、こんな空気の中で過ごしていて大丈夫なのかな？）

レフィは一抹《いちまつ》の不安を抱きながら近くの村へと向かっていった。

◇

「……ようこそ、アシッド村へ」

村にたどり着くと、近くにいた腰の曲がった老人が、声をかけてくる。

ただ、その顔色は悪く、無理をしているようにしか見えない。

「大丈夫ですか？　体調が悪そうですけど」

「正直あまり良くない。旅の人、悪いことは言わない。この村へ寄るのはやめなさい。今この村は疫病《えきびょう》に襲われてて……」

（疫病ってさっきの変な空気のことかな？）

レフィが振り向くとリルは頷いてみせる。

「もう大丈夫です。空気を綺麗にしておきましたので、疫病の心配はないですよ」

「……えっ!?」

老人が驚いた表情を浮かべる。

「い、今なんと？」

「もうここの空気は浄化しましたので、疫病の心配はしなくていいですよ。あと、おじいさんは体調が悪いなら、これを飲んでおいてくださいね」

レフィが体調回復用のポーションを老人に渡す。

「あっ、いや、儂の体調はもうポーションでは……」

「一応飲んでみてください。少しだけでも効くかもしれませんから……」

渋い顔を見せながらもポーションを飲んでくれる。

すると老人の体調が一瞬で元に戻った。

「う、うぉぉぉ……、な、なんじゃこれは!?」

さっきまでは腰が曲がった老人だったが、今では背筋がピンと張り、顔色も良くなっていた。

「えっと、僕が渡したのはただ体調を整えるだけのポーション……だったよね？」

「レフィのポーションなら、若返り効果があってもおかしくないからな」

呆《あき》れた表情のリルが口をとがらせながら言ってくる。

「これほどのことをしてもらって何もお礼をしないわけにはいきません！　何かしてほしいことはありますか？」

　じりじりとレフィに迫る老人。

「い、いえ、特に大丈夫です！」

　逃げるようにレフィは老人のもとから去っていった。


「はぁ……、はぁ……、なんとか逃げられたかな？」

「無理に逃げなくても良かったのじゃないか？」

「だ、だって、なんだか怖かったし……。突然笑いながら近づかれるとついつい逃げたくなってしまうでしょ」

「……それもそうだな」

　最終的にはリルも同意してくれたのでレフィは少しホッとする。

◇■◇■◇■

　老人はレフィが走っていった先をずっと眺めていた。

（きっとあのお方こそ神様から遣《つか》わされたお人に違いない。そうでなければもう余命幾ばくも

ない儂の体が、これほど元気になるわけがない）

目を輝かせ、村の住人に御使いの来訪を話して回った。

話だけでは半信半疑だった村人も、老人がすっかり元気になり、全力疾走どころか前方宙返りすら容易にこなすその姿を見て驚きに体を震わせる。

「こんなことをしている場合じゃない！　お、俺もその神の御使い様にお会いしないと！」

「み、貢《みつ》ぎ物を準備するんだ！」

「そ、そのお方の性別は!?　なんだったらうちの娘を……」

バタバタとレフィを探して村人たちが駆け回る。

「そういえば疫病もすっかり良くなったな。……っ、まさか!?」

「あぁ、これも御使い様のお力じゃ」

得意げに話す老人。もうこの村中すべてがレフィを神の御使いと信じてしまい、疑う者は誰もいなかった。

◇■◇■◇■

ようやく村の宿を見つけたレフィたちは部屋でゆっくりしていた。

「リル、お風呂に行かない？」

「嫌だ!!」

速攻で拒否をしてくるリル。

よく考えると、今まですんなりとリルがお風呂に入ったという記憶がない。

「わがまま言ったらダメだよ」

「汚れくらい、レフィのポーションでどうにでもなるだろ」

(そこまで拒絶反応を見せなくてもいいのに……)


結局リルは汚れ落としのポーションで体を拭《ふ》く……というところに落ち着いた。

「どうせならお風呂に浸《つ》かった方が疲れが取れるのにな……」

そんなことを思っていると、窓の向こうから声が聞こえてきたので外を眺める。

すると何やら村人の慌てた様子が目に入った。

「そっちにいたか?」

「いや、こっちにはいなかった。くそっ、どこに行ったんだ、そのお方は」

どうやら偉い人を探しているようだった。

(誰か行方《ゆくえ》不明なのかな?　僕たちも探した方がいいのかな?)

そんなことを思ったが、次に見たらもう村人の姿はなかった。

◇

翌朝、村から出ていこうとしたレフィたちの前に、なぜか村人たちが立ち並んでいた。

「御使い様！　どうか、我々の願いを聞いてくださらないだろうか？」

（なんで、ここでも御使い様って呼ばれるんだ？）

もしかして、例の使者に追いつかれて、そこから伝わったのかなとレフィは周囲を見回す。

しかし、それらしき人物の姿は見当たらなかった。

首をかしげるレフィに対して、昨日の老人が前に出てくる。

「御使い様。あなたが私にしてくださった神の御業《みわざ》を村人たちに教えたところ、ぜひともお願いしたいことがあるということなので、こうして待たせていただきました。話だけでも聞いていただけませんか？」

「つまりこれって……依頼だ!!　うん、依頼だよ！　もちろんお話を聞かせていただきます」

ようやく初めて浄化以外の依頼が来そうなので、レフィは嬉しくなり、思わず老人の手を摑んで上下に動かしていた。

ただ、それをじっと村人たちに見られていることに気づいて、パッと手を離すと、一度咳払《せきばら》いをする。

「それで、どんなことを僕に頼みたいのですか？」

慌てて依頼を聞く姿勢を取ると村人たちから歓声が上がる。

「おぉ、御使い様が話を聞いてくださるそうだ！」

「家内を呼んでくる」

妙にざわつきだす。

そこへ老人が声を張り上げる。

「静かにせよ！　御使い様の御前だぞ！」

その瞬間にざわついていた場がピタッと静まる。

「では御使い様、願いを叶《かな》える人物を選んでくださいませ」

「えっ、この中で一人しか選べないの？」

村人の全員が期待のこもった目を向けてくる。

「うっ、選べないよ……。で、でも、一度に大量の依頼は受けられないもんね」

レフィはそのまま固まってしまう。

すると、代わりにリルが動いてくれる。

「一人しか選べないなら、こいつでいいだろ」

一番近くにいた少年をあっさり選ぶリル。

すると他の村人たちからやはり歓声が上がる。

「あの子が御使い様に選んでもらえたのね」

「羨《うらや》ましいなぁ……」

いろんなところから様々な感想が聞こえる。

「それで依頼内容はなにかな？」

せっかくリルが決めてくれたんだからとレフィはそれに乗っかるように話を進める。

「うん、実はお母さんが病気なんだ。回復魔法使いの人からも『もう、手の施《ほどこ》しようがない』と言われた病気なんだよ。だから――」

「つまり、その病気を治せばいいんだね。それならこの病気治療のポーションで……」

そのポーションを少年に渡す。

「これで治るよ」

すると少年は目に涙を浮かべ、嬉しそうに大きくお辞儀をしたあと、走り去っていった。

そして、数分後、少年が改めて戻ってくる。

「治った。もう絶対に治らないと思っていたのに治った……。本当にありがとうございます。これは大したものではありませんが、気持ちばかりのお金だった。

少年が取り出したのは、気持ちばかりのお金だった。

おそらく無理をして集めていたのだろう。

ポーション一つでそんなに受け取ってもいいのだろうか？　少年の様子を見るとさすがに申し訳なく思えてくる。

迷った結果、レフィは差し出されたお金を一枚だけ抜き取る。

「今はこれだけでいいよ。あとの分は生活に余裕ができたときにね」

「……あ、ありがとうございます！　このご恩は一生忘れません！」

再び少年が頭を下げてくるので、少しこそばゆくなってきて、レフィは鼻の頭を掻いた。


回復の依頼も十分にこなせることをアピールしたあと、レフィは村を出ていこうとする。

すると村人の一人が慌てた様子でやってくる。

「そ、村長、よろしいでしょうか！」

「何かあったのか？」

体つきのいい男性が前へ出てくる。

「ド、ドラゴンが……。ドラゴンが襲ってきました!!」

「なんだと!?　ど、どうして？　いや、それよりも早く近くの冒険者ギルドに連絡を」

「す、すぐに知らせに向かいます」

それを聞いて村人は慌てて走っていった。

「御使い様、聞いての通りにございます。もうまもなく、この村にはドラゴンが襲ってきます。急いでお逃げください」

村長が心配そうな表情を見せてくる。

「ねぇ、リル。ドラゴンって僕の爆発ポーションで簡単に倒せた奴だよね？」

「あぁ、私は死ぬ思いをしたけどな」

「それなら、今回も同じように倒してあげたらどうかな？」

「わ、私はもうやらないぞ！　ば、爆発だと私が巻き添えを食いかねない‼」

「そっか……。それなら相手を凍らせるのはどうかな？　これを使って」

レフィは氷結ポーションを作り出す。

「これをぶつけると一瞬で凍りつくよ」

「なるほどな。それなら私の身が危険に晒《さら》されることもないな。よし、それでいくか！」

リルの同意を得られたことでレフィは村長に笑みを向ける。

「村長さん、ドラゴン退治なら僕たちに任せてください」

「で、でも、御使い様の身に何かありましたら……」

「大丈夫ですよ、ドラゴンなら以前倒したことがありますから……」

「そ、そうですか……」

村長は心配そうにレフィを見る。

「では、少し行ってきますね」

レフィたちはドラゴンが出たという方角へ向かって歩いていった。

◇

村を出てすぐにそのドラゴンがいる場所がわかった。

「すごい地響きだね……」

「意外と大きいドラゴンなんだろうな。レフィ、手加減するなよ」

「うん、わかってるよ」

大きくなったリルに乗るとレフィたちは地響きのする方へと向かっていく。

すると、そこにいたのは首が八つあるドラゴンだった。

体つきは普通のドラゴンとそう変わらないのだが、やはり大きな違いはその数多くの頭だ。各々《おのおの》に意思があるようで周りをそれぞれが警戒して見渡しているようだった。

しかも、紫の煙のような息を吐いている。

「あの息、やっかいそうだな。多分、あれが疫病の原因だ」

「それじゃあ、この辺りに疫病が広がっていたのもこのドラゴンが原因なんだね……」

「瘴気《しょうき》が消えていると思って見に来たが、どうやら本当に消えているとはな」

ドラゴンが喋《しゃべ》りかけてくる。

「あの空気なら僕が浄化しました」

「嘘をつくな。いや、どちらでもいいな。どうせお前は死ぬ。村も滅ぼす。それだけのことだからな」

ゆっくり近づいてくるドラゴン。

「どうする？　もっと近づくか？」

「大丈夫、あれだけ大きかったら外さないよ」

レフィは思いっきりポーションを放り投げる。

「なんだ、この瓶は」

ドラゴンは自身の爪でポーションの瓶を弾《はじ》く。

その瞬間に瓶が割れ、ドラゴンの爪が凍りつく。

「な、なんだこれは!?」

驚きの表情を浮かべるドラゴン。

その隙にレフィは何本もの氷結ポーションを投げつける。

すると、少しずつドラゴンは凍りついていき、最終的には完全に固まってしまっていた。

人間ごときに負けるとは思っていなかったドラゴンは、尊大な態度をとったまま、凍りついていた。

「ねぇ、このドラゴンは食べれるのかな？」

以前ドラゴンは美味《おい》しいと聞いていたので、リルに尋《たず》ねてみる。

「瘴気を吐いていたドラゴンだろう？　さすがに毒があると思うぞ」

「そっか、残念だね」

「でも、このまま放っておいていいのか？　もし氷が溶けるようなことがあれば危ないんじゃないか？」

「大丈夫だよ、これは絶対に溶けないから」

こんこんと軽く叩いてみせる。

すると氷にヒビが入り、そして、ドラゴンごと粉々に砕け散ってしまった。

「絶対に溶けないいんじゃなかったのか？」

粉々になったドラゴンを見ながらリルは呆《あき》れた口調で言ってくる。

「うん、溶けなかったけど、割れやすいみたいだね……」

◇

一応ドラゴンを退治した証《あかし》として、体の一部の氷漬けを持って村まで帰ってくる。

「ほ、本当に帰ってこられた！　と、どうでしたか、ドラゴンは？」

村長が怯《おび》えながら聞いてくるので、レフィは持って帰ってきたドラゴンの一部を見せる。

「しっかり倒してきましたよ。もう大丈夫です」

レフィが笑みを向けると村人から歓声が上がる。

「ありがとうございます。本当にありがとうございます……」

村長から何度もお礼を言われると、レフィ自身も嬉しくなってくる。

「あっ、あとこのドラゴンが疫病の原因だったみたいですから、そちらももう心配しなくていいですよ」

そして、すべて解決し終えたので、今度こそ村を出発しようとすると、全員に見送られてしまう。

「御使い様、本当にありがとうございました」

「もし何かありましたら力になりますので！」

そんな声を背に受けながら、レフィたちは村を出ていった。

# 7 収賄の町

Have a happy potion life

聖教国を目指して、レフィたちは街道を進んでいた。

「なんかずいぶん整備された道だね」

「近くに町があるからな。それも意外と大きいぞ」

「それじゃあ、今日はそこに泊まろうか。ついでに聖教国まで、あとどのくらいかかるかも聞いておきたいからね」

「そうだな。よし、それならスピードを上げるぞ！」

リルが急に速度を上げるので、レフィはしっかりその毛皮にしがみついた。

そして、日が沈み始めたくらいに町にたどり着く。

すでに時間は夜なのだが、町はたくさんの光でかなり明るかった。

街並みも、今まで見てきた町よりも高級そうな家が立ち並んでおり、どこか王都の貴族街を彷彿《ほうふつ》とさせた。

「眩《まぶ》しいな……」

リルが少し目を細める。同様にレフィも手で明かりを遮《さえぎ》って、眩しさを緩和《かんわ》していた。

「とりあえず今日の宿を取ろうか。あまり長居しても仕方ないし、明日の朝にはすぐに出発しよう」

早速町へ入っていこうとするが、入り口のところで見張りの兵士に止められてしまう。

「町に入るのか？」

「あっ、はい。今日は宿を取ろうと思いまして……」

こうやって町の入り口で止められるのは初めてだなと思いながら話をする。

すると兵士が手のひらを上に向けて差し出してくる。

「えっと、どうかしましたか？」

差し出された手を見てレフィは思わず訊《き》いてしまう。

「ほらっ、通行のために出すものがあるだろう」

(通行のために？　そんなものあったかな？)

レフィが首を捻《ひね》っていると兵士がため息を吐《つ》く。

「もういい、中に入れ！」

なんだか怒った様子で言ってくる。

不思議に思いながらレフィは町へと入っていった。

◇

「さっきの人、なんだったんだろうね？」

宿を取ったあとも気になって、リルに訊いてみた。

「お腹《なか》でも空《す》いていたんじゃないか？」

「うーん、そんな感じじゃなかったんだけどなぁ。まるで何か欲しがってたみたい……」

「……、レフィ、ちょっといいか？」

リルが声を落として、レフィにだけ聞こえるように伝えてくる。

レフィもそれに合わせて、小声で訊き返す。

「どうかしたの？」

「この部屋の外に人がたくさんいるぞ。出口を塞《ふさ》いでいるようだ」

「……宿に泊まりに来た人じゃないの？」

「いや、じっとこの部屋を見ている感じだな。まるで監視をしているみたいだ」

レフィは不安になりながら対策を考える。

（やっぱり相手を眠らせるのが一番いいかな）

「とりあえず様子を見てくるよ」

扉を開ける前に透明ポーションを飲む。

部屋を出ると、外にいた人たちが扉が開いたことに反応する。

しかし、誰も出てこないで扉が閉まると、再び部屋へと注意を向けていた。

(本当にリルが言ってたとおりに僕たちの部屋を見てる人たちがいるね。いったい何をしてるんだろう?)

そばにいる人に近づいて、話を聞いてみる。

「本当にこの部屋に例の子がいるのか?」

「あぁ、間違いない。町に入るときに通行税を納めなかった奴が……」

「しかし、本当に襲っていい奴なのか?」

「子犬を連れた子供が一人らしい。金品は奪い取って、あとは好きにしろとのことだ」

どうやら入り口で欲しがっていたのは通行税らしい。町に入るときにそんなものが必要だなんて初耳だ。

(とりあえず捕まえておこう)

レフィは待ち構えている人間を一人ずつ、睡眠ポーションを飲ませて眠らせていく。

そして、全員眠らせたあと、しっかり体を拘束して、眼を覚ますのを待つ。

「ぐっ、俺はいったい……」

しばらくして一人が目を覚ます。

ただ、状況が飲み込めていないようだった。

「どうして僕を狙《ねら》っているのですか？」

「お、お前は……。ど、どうしてだ、俺たちの監視は完璧だったはず……」

「えっと、すぐにわかりましたよ？」

リルが……とは言わなかったが、その男は傍目《はため》にもわかるほど自信喪失してしまったようだ。

「まぁ、いい。どうせ俺たちを捕まえたところで無駄だ。この町の領主が口を利《き》いて、すぐに解放してくれるからな」

「つまり、悪いのは全部領主さんなんですね」

しまったと男は口を閉ざす。

（あれっ、正直に話すポーションは飲ませてないよね？）

あっさり教えてくれたので、不思議に思ってしまう。

領主が相手になると面倒だし、厄介《やっかい》なことになる前にさっさと出ていくかな。


一晩宿で過ごすと、レフィたちは町を出ていこうとする。

すると、町の出入り口の近くで一人の少年に呼び止められてしまった。

「もう出ていってしまうのか？」

「ああ、もともとこの町には一泊するためだけに寄っただけだから」

「で、でも、あんたならこの町の現状をどうにかできるんじゃないのか？」

目で訴えかけてくる少年。

「どうしてそう思うの？」

「えっと……、隣の村に住む従兄弟《いとこ》に聞いたんだ。小さな神狼《しんろう》を連れた御使《みつか》い様が村の窮地《きゅうち》を救ってくれたと……。タイミング的に、この町に来たばかりのあんたかなと思って……」

（隣の村って昨日の村だよね）

あと、さすがに人目がある場所で話す内容ではなさそうだ。

そろそろ周りの目が気になってくる。

「とりあえず場所を変えよう。人がいない所ってないかな？」

「そ、それなら俺の家に……」

◇

少年に案内してもらって、レフィたちは町の路地の奥へ移動する。

案内された先はボロボロの小さな家だった。

豪華な家ばかり立ち並ぶこの町にしては似つかわしくない家だったが、そういった家々が町の片隅にひしめいていた。

「これが、この町の裏の顔なんだよ。表は一部の金持ち連中が住んでるところなんだ」

そう言って恨《うら》みがましい視線を豪華な建物へ向ける。

「どうしてここまで差があるの？」

「それは領主がとんでもなく強欲で、何をするにしても税金を支払うことになってるんだ。それで払えないとなると捕まって、強制労働をさせられる。例えば町に入るときに通行税を求められなかったか？」

「意味がわからなかったから、払ってないけど？」

「と、とにかく、そんな領主たちから俺たちを救ってくれないか？」

少年が期待のこもった目を向けてくる。

「どうしようか……」

小声で肩に乗ってるリルに相談してみる。

「依頼として受けるならいいんじゃないかな？」

「それもそうだね。うん、わかったよ。依頼としてなら受けるよ。報酬は……」

報酬という言葉を聞いて少年は驚いて言った。

「ま、まさか金を取るのか!?　あ、あんたは神の御使い様なんだろう？」

「それは他の人が言ってるだけだからね。無理なら僕は次の町に行くだけだけど……」

少年は眉をひそめ、悩んでいた。ただ背に腹は代えられなかったようだ。

「わかった。どれくらい用立てればいいのかわからないが、払わせてもらう。だからあの領主をなんとかしてくれ！」

「うん。その依頼、受けさせてもらうよ」

◇

「あっさり受けてしまったもののどう対処しよう？　そういえばここってまだリーゼンベルグの国の領内……だよね。それなら国王様に掛け合えば何とかなるか。あとは、証拠を掴むだけだね」

早速透明化ポーションを飲むと、

「うおっ、き、消えた⁉」

少年が驚きの声を上げる。

レフィはそんな少年をこの場に残し、そのまま領主が住む館へと向かっていった。

領主の館は町で一番大きい建物で、その入り口は兵士が複数人でしっかり守っている。

「厳重な警備だね」

「透明じゃなかったら危なかったな」

入り口を抜けて館の中へと入っていく。

ゆっくり玄関を開けると、突然何匹もの犬が近づいてきて吠《ほ》えだす。

「す、姿が見えないはずなのにどうして!?」

「匂《にお》いで判断してるんだな」

リルが冷静に答えてくる。

さすがに、このまま吠えられたら誰かに気づかれるかも。

「なるほど……、匂いを消せばいいんだね。それなら――」

匂い消しポーションを作り出して飲み干す。

ただ、いろんなポーションを飲んだせいで苦しくなってくる。

でも、匂いが消えたことで犬たちが吠えるのをやめてくれた。

「とりあえず先に進もう。ここの領主さんはどこにいるんだろう?」

リルに気配を探ってもらいながら奥へと向かう。

「この部屋には数人の気配があるな」

ようやく領主がいそうな部屋を発見する。

聞き耳を立ててみると、中からは聞き覚えのある声がする。

「それでは、この町にはレフィさんは来てないのですね。王都に戻っていただこうと思ったのですけど……」

「もちろんにございます。神狼を連れたポーション作成スキルを持った少年……でございますね。この町では、危険な人物が入ってこないように、徹底して人の出入りを見張っておりますゆえ、来られたのでしたら、私に報告があるはずです」

「それじゃあ、私たちの方が先に進んでしまったのかしら？　ありがとうございます。しばらく、この町で待ってみようと思います」

「では、最高の宿をご用意させていただきますね。ミリーナ王女様……」


扉が開き、中からミリーナが出てくる。

そして、歩き去ろうとするが、ふと振り向いた。

「レフィ様？　……がいるはずないですよね」

一瞬ドキッとしてしまった。

レフィは冷や汗を流しながらリルに聞いていた。

「ねぇ、今の僕は匂いもしないし、姿も消えているよね？」

「あ、あぁ……」

リルも驚いたようで、ただ頷《うなず》くしかできなかった。

「と、とりあえず扉が開いてるうちに中に入ろう」

レフィたちは領主がいる部屋へと入っていく。

「さまざまな種類のポーションを生み出せる少年か……。そんな金になりそうな奴を逃がすなんて、国王も馬鹿だな」

中には豪華なソファに腰掛けて、目の前に置かれた料理を食べながら、ニヤリと微笑む領主の姿があった。

いつも豪華なものを食べているからか、その恰幅《かっぷく》はかなりいい。

「しかし、そんな少年、どうやって見つけるのですか？」

「簡単なことだ。神狼を連れていると言ったな。そんな奴はそうそういない。それらしい人物をすべてひっ捕らえればいい」

「では、そのように指示を出しておきます」

兵士は慌てて飛び出していった。

そして、部屋には領主一人残される。

「まったく、奴らは儂《わし》の指示がないと動けないのか」

それを見て、リルが小声で話しかけてくる。

「聞いたとおり金にがめつい感じだな」

すると、突然領主が目を光らせ、

「誰だ！」

レフィとリルの間にフォークを投げつけてきた。

そのまま壁に突き刺さるフォーク。

「なんじゃ、気のせいか。誰かいると思ったのだが……。いや、儂の気配察知スキルは誤魔化せん。この部屋に誰かおるな。おいっ、兵士たち！　今すぐ来い!!」

大声を上げる領主。しかも、唯一《ゆいいつ》の出入り口、扉の前に立っていた。

「ど、どうする、レフィ。逃げ場がないぞ」

「うん、まずいね……。でもあの領主さんは悪い人なんでしょ？　とりあえず捕まえておくよ。リルには兵士たちの方をお願いしていいかな？」

「任《まか》せておけ！」

リルと二手に分かれ、レフィは拘束ポーションを領主に振りかける。

すると、彼は身動き一つ取れなくなる。

「ぐっ、いったい何が――」

「あなたが悪さをしたと聞いて、捕まえさせてもらいました」

レフィが姿を現す。

すると、領主は突然何もないところから少年が現れたことに驚いていた。

「なるほど、お前がポーションを生み出せる……。お前、儂と組まないか？　一生お前の生活の面倒を見てやるぞ?」

　領主はニヤリと微笑む。

　レフィが断るとは思っていないようだった。

　ただ、レフィはすぐに首を横に振って言った。

「お断りします。それよりあなたのしたことは、全部王女様に伝えさせていただきます」

「そ、そんなことさせてたまるか……。もうじきこの部屋には兵士たちが――」

「レフィ、こっちは終わったぞ。そっちはどうだ?」

「僕の方も終わってるよ。あとは王女様に引き渡すだけだね」

　元の姿に戻っていたリルが戻ってくる。

　傷一つないその姿を見てレフィはどこか安心をしていた。

◇

「とりあえず王女様と連絡を取らないとね」

　レフィは念話ポーションを飲み干すと、ミリーナと連絡を取る。

「王女様、今お時間よろしいでしょうか?」

「っ!?　レ、レフィさんですか!?　は、はいっ、もちろん大丈夫です!」

すごい勢いで頷いている様子が目に浮かぶ。

「今、領主さんの館にいるのですけど、ご足労をおかけしますが、こちらまでおいでいただけませんか？」

さすがに王女相手にこれは無礼かなと思ったけど、ミリーナは嬉しそうに「すぐにうかがいます！」と言ってくれた。

念話が終わると領主の方に振り向く。

「まもなく王女様が到着しますので、少し待っていてくださいね」

にっこり微笑むと領主は顔を青ざめさせていた。

◇

「お待たせしてしまいました。本当にレフィさんだ……。はっ、いえ、そ、それでどういった御用でしょうか？」

一瞬レフィを見て惚《ほう》けていたミリーナだが、小さく咳払《せきばら》いをして尋《たず》ねてくる。

「実はですね……」

「お、王女様にこのようなことで足を運んでいただくなんて、大変ご迷惑をおかけしました。この少年には強く言い聞かせておきますので、なにぶんご容赦《ようしゃ》を……」

領主が必死に頭を下げていた。

ただ、それを聞いたミリーナは少しだけムッと頬《ほお》を膨《ふく》らませる。

「レフィさんの頼みなら私はどこにでも行きますよ。それより、あなたがレフィさんに何を言い聞かせるのですか？」

ミリーナに凄《すご》まれて、領主は小さく縮こまってしまった。

なんだかかわいそうなことをしてしまったかなと思いつつ、町の少年から聞いた領主のしてきた悪行を話す。

「なるほど。レフィさんにはご迷惑をおかけしました。あとは私に任せておいてください！」

ミリーナが笑みを見せてくる。

彼女だけで大丈夫かなと思ったけど、後ろにどこかで見たことのある人たちが控えていた。

(確か王城に行った時に会った兵士の人かな？)

おそらくミリーナの護衛なのだろう。

「ミリーナ様、国王様にはこのことを報告しておきました。じきに護送の兵が来ると思います」

「わかりました。ありがとうございます」

どうやら領主の件はこれで解決しそうだった。

そう思っていると、ふと領主の机に一冊の本が広げられていたことに気づく。

「なんだろう、これ？」

レフィはその本を手に取ろうとするが、その前にミリーナに奪い去られた。

そして、顔を真っ赤にしてすぐに隠してしまう。

「レ、レフィさんにはこの本は早すぎます！」

「えっ!?」

困惑《こんわく》するレフィをよそにミリーナは恥ずかしそうに首を振っていた。

「それよりもこれでレフィさんももう王都に戻れますね？」

ミリーナが微笑んでくる。ただ、レフィは首を横に振る。

「僕はこれから聖教国に行くから、王女様は領主さんのことをよろしくお願いね」

「そ、そんな……、どうして、そこまでよその国へ行きたいのですか？」

「別に行きたいわけじゃないんだけどね。使者の人が何度も来たから、もうやめてほしいって直接言いに行くだけだよ」

「そ、それなら私も……」

「いえ、僕たちだけで大丈夫ですから……」

（それに他国の王女を連れていくと、また変な方向に話がこじれそうだもんね）

「それよりもこの町はどうなるのですか？」

（いきなり統治する者がいなくなると暴動とかトラブルが起きそうだけど……）

「それなら新しい領主が着任するまで、魔法部隊長にこの町を守っていただきますので大丈夫

い の方がいいのだろうな……。

ですよ」

「すぐに元通りというわけにはいきませんが、より良くなるように尽力いたします」

魔法部隊長が背筋をピンと張りながら言ってくる。少し真面目《まじめ》すぎる気もするが、このくらいの方がいいのだろうな……。


領主を連行していくミリーナを見送ると、レフィは依頼をしてきた少年のもとへと向かった。

「御使い様、噂は聞いたぞ。本当にありがとう」

少年はにっこり微笑んでいた。

その周りにいる人たちもまるでレフィを崇《あが》めるように近づいてくる。

「いえ、僕はできることをしただけで、最後は王女様がなんとかしてくれたんですよ」

「それでも、御使い様がいなかったらどうにもならなかったことだから……。あっ、お礼の件……」

少年は少しだけ顔を俯ける。

「それが、その……。この依頼に対するお礼が……。本当にどのくらい払えばいいのかわからなくて……。これだけしか準備できなかったんだ」

少年の手には数枚の銀貨が握られていた。

それを震える手つきで差し出してくる。

よく見ると少年の手にはたくさんの傷がついている。かなり危険なことをして稼《かせ》いだのだろう。

「そ、それなら儂らが追加で払わせてもらう……」

「こ、これならどうだ?」

周りの人々が少年に、持っている金をそれぞれ渡していく。

「どうするんだ、レフィ?　受け取るのか?」

再び小さくなり、今はレフィの肩に乗っているリルが小声で訊いてくる。

さすがにこの状況で金を受け取れるはずもなかった。でも、何ももらわないというのも……そうだ。

「わかりました。それなら、また次に僕が来たときに歓迎してください。町を正常な状態に戻して……。これでどうですか?」

これから町を健全化していくとなるとかなり大変だろう。領主が代わったとしても長年の間にしみついた汚職の構造は残っているのだから……。

もちろん魔法部隊長がすぐに正してくれると思うけど。

ただ、少年は驚き、そして、目に涙を浮かべて言った。

「あ、ありがとうございます……。御使い様……」

本当に嬉しそうに感謝されるとなんだか恥ずかしくなり、少し照れてしまうレフィ。

「では、僕はこれで失礼しますね」

この町には意外と長居をしてしまったので、先を急がないと……。

「あっ、待ってください……」

少年が声をかけてくる。そして、ズボンのポケットから木でできた笛を取り出した。

「これ、お礼に使ってください。何かあったときに鳴らしてくれれば急いで駆けつけますので……」

いやいや、こんなただの笛だと聞こえないでしょ……と思いながらも素直に受け取る。

「ありがとう。何かあったときは使わせてもらうね」

レフィが微笑みかけると少年は嬉しそうにはにかんだ。


「それじゃあ今度こそ聖教国に向かおうか？」

町の外に出るとリルの背中に乗る。

「そうだな。もう少しで着くからな。私が全力で走って二日ほどの距離だな」

「それじゃあよろしくお願いね」

◇■◇■◇■

聖教国の神殿の中で教祖と一人の男が話をしていた。

「近くの町に御使い様が現れただと!?」

「はいっ、信者の話ですので間違いないかと……」

「ぐっ……、まさか本物が現れるとは。いったいどうすればいいんだ?」

「簡単なことではないでしょうか?」

「なにっ!?」

「どちらも手中に収めてしまえば、このミクロマルク聖教国はさらに他国から一目《いちもく》置かれる存在になるでしょう。神の御使いが二人……。これ以上のことはないでしょう」

「それもそうだな……。それが一番いい方法だよな」

部屋の中に男たちの笑い声が響き渡る。

# 8 ミクロマルク聖教国

全力でリルが駆けてくれたおかげで、レフィたちはあっという間にミクロマルク聖教国にたどり着いた。

白を基調とした街並みが広がっている。その一番奥には巨大な神殿があり、行き合う人々の多くは、その神殿を目指して歩いているようだった。

「なんだかすごく慌《あわ》ただしいね。みんな何を急いでいるんだろう？」

「神殿で何かあるみたいだな」

小走りで神殿に向かう人々。少しでも早く駆けつけたいという気持ちが見てとれる。

近くにいた人に訊《き》いてみることにする。

「すみません、少しいいですか？」

「なんだい、あんたは！　今はそれどころじゃないよ！　どきな！」

怖い顔で睨《にら》まれてしまう。そして、そのまま神殿の方へと去っていってしまった。

「これはただごとじゃないかもしれないね。僕たちも行ってみようか？」

8
Have a happy potion life

「あぁ、そうだな。もしかしたらレフィが呼ばれてた理由がわかるかもしれないからな」

急いで神殿に向かう人たちを追って、レフィたちも神殿を目指していく。


神殿の中にはたくさんの信者たちが、興奮した様子で前にいる神官の演説を聴いていた。

その神官の背後には、布で隠された大きな何かが置かれている。

「いいか、我が国が救われるにはもう神の御使《みつか》い様のお力を借りるしかないのだ。だからこそ我々は彼《か》のお方を探し出さないといけない！」

（なるほど、御使いを探しているんだ……。あれっ？　ここにいるのはまずくないかな？）

さすがにレフィがここにいることは知られていない。ただ、もしバレたときのことを考えると不安に駆られてしまう。

「では早速御使い様の選定に移らせていただく。順番に調べるので並んで待つように」

「あ、あの……、どういう調べ方をするのですか？」

女性の一人が質問をする。

「それは……これだ！」

神官が背後に置かれた物を覆《おお》っていた布をめくり取る。

すると布の下から、正気を失い、目が虚《うつ》ろになっている少女が入れられたオリが現れる。

「この者は霊に取り憑《つ》かれている。それを今から浄化してもらう。この浄化は我々神官でも成功しなかったものであるため、それほど高位の浄化魔法が使えるなら、おそらく神の御使い様……ということだ！」

「浄化魔法なら僕はお呼びじゃないよね？　魔法は使えないんだし……」

ポーションで無理やり使えるようにしても、後々魔力痛が襲ってくる。それを毎日続けるようなことはしたくない。

「別に直接ポーションで浄化してもいいんじゃないか？　それよりも……あの娘は幽霊に取り憑かれてるわけじゃなさそうだが？」

リルが不思議そうに言ってくる。

「それじゃあ、いったいなんであんなことになってるの？」

「それはわからないけど、それも含めての試験なのかもな」

早速試験が始まり、順番に信者が挑戦していく。


話しかけて反応を待つ者。

回復魔法を使う者。

何もせずに念じている者。


人々はいろいろと試してみたが、誰も成功せずに、そしてとうとう神殿の中にはレフィたちしか残されていなかった。

「あとはそなただけだ。早速試すといい」

半ば諦《あきら》め気味の神官。

その言葉を聞いて、レフィとリルはお互い顔を見合わせた。

(魔法じゃないから大丈夫……だよね？　それにあの女の子をこのまま放っておくわけにもいかないし……)

レフィは心配になりながらも、何のポーションを作り出すか考える。

「えっと、なんでこうなったのかわからないから、どんな症状でも治すポーションくらいを作らないとダメだね」

早速出来上がったポーションを少女に飲ませようとする。しかし、少女が入れられているオリが邪魔をして、飲ませることができなかった。

「すみません、この人をオリから出してもらうことってできないですか？」

「それは無理だ。いつ暴れるかわからないからな」

それならば、どこまで効くかわからないけど、レフィはオリの外からポーションをかける。

(少しでも口に入ってくれたら効果があるだろうし……)

すると、女性の様子が少しおかしくなる。

「おぉぉ……、おぉぉぉぉー！」

唸《うな》り声を上げ、突然立ち上がったかと思うと、オリに手をかけて暴れ始めた。

（なるほど、確かにこうなったら危なかったかもしれない）

そう思いつつ、再びポーションをかける。

そして、数回ポーションをかけることで、ようやく少女は正気に戻っていた。

「おかしな気配はなくなったな」

リルが小声で言う。

すると神官は驚きの表情を見せて言った。

「……御使い様だ」

「えっ？」

「御使い様が現れたぞー!!」

神官が大声を出すと今までどこにいたのか、数多くの神官たちが姿を見せて歓声を上げていた。

そして、その後ろからのっそのっそと大柄な神官がやってくる。

「そなたが……いえ、あなた様が神の御使い様ですか……。よくぞこの町へいらしてくださいました。私は神官長のアルバンティール・ユークニスと申します。あなた様の名前は？」

「……僕はレフィと言います」

周りを人に囲まれてしまったレフィは諦め口調で告げる。

「レフィ様でございますね。それにしても今日は本当にめでたい日だ。御使い様におでましいただけるとは。これでこの国は安泰《あんたい》だ！」

神官長は嬉しそうに笑みをこぼした。

そして、レフィは奥の部屋へと案内される。

◇

部屋の一室に連れてこられると、扉の鍵を閉められてしまう。

部屋の中にはテーブルやベッド、タンスや化粧台といった生活に必要なものは一通り置かれていた。

そして、窓から町並みを眺めることができる。

（いざとなれば、ここから逃げることもできるかな。ただ、せっかくだしこの聖教国について調べておこうかな）

レフィは透明化に加えて霊体となれるポーションを飲んで、壁をすり抜けて廊下に出る。

廊下に出るとレフィの部屋の前には神官が一人、見張りとして立っていた。

（霊体になって正解だったね）

そう思いつつ他の部屋を見て回る。

ただ、この辺りはほかに使われている様子はなかった。

（来客用の部屋……なんだろうか？）

とりあえず、今はさっきの神官長の部屋を探したい。

それからしばらく探して回り、ようやく神官長の部屋を見つけた。

その部屋には神官長の他にもう一人、別の神官もいた。

「くくっ、御使いは見つけたか。これで教祖を出し抜いたことになるな」

「教祖様も別の御使いを招こうとしていたみたいですもんね。ただ、その者には断られたみたいですが……」

「あとは巷《ちまた》で噂《うわさ》になってる御使い……。彼《か》の者さえ手に入れれば……」

「神官長の地位も安泰ですね……」

「神に仕《つか》えし御使いが二人もいるとなれば、周りの国も我が聖教国を頼らざるを得ない」

「御使いが本当に神に仕えてるとお思いですか？」

「……まさか」

「……ですよね」

「そうでないと、このような話をしている我々こそが、神罰を受けているはずであろう。しかし、一度もそんなことはない。つまり、これは神がお認めになられたこと。御使いを意のままに操ることこそが正義なのだ！」

高らかに声を上げる神官長。

それに合わせるように配下の神官も笑みを浮かべていた。

◇

次に教祖……とかいう人にも会っておきたいな、とレフィは更に神殿の中を見て回る。

すると御使いの選定をしていた奥の部屋で熱心に祈ってる人物を発見する。

(この人がもしかして教祖と言われる人だろうか?)

「ふぅ……、神官長が御使いの資格を持っている者を見つけたようですね。あの野心家に神はつくと言うのですか?　そんなことはないはず。毎日こうして祈りを欠かさない私にこそ神は微笑むはず。なんとしても神官長に負けるわけには……」

(なんだか、どちらも本当に神を信仰してるふうには見えないね。ただ、自分のいいように使ってるだけにしか……でも、そうか、それならそこをうまく利用すれば——)

◇

(知りたいことは知ることができたね。あとはタイミングだけになりそうかな)

レフィは部屋に戻ってくるといろいろ考えをまとめ始める。

ただ、次第に瞼《まぶた》が重くなってきたのでベッドで眠りにつくことにした。


翌日、部屋でのんびり過ごしていると扉がノックされる。

「レフィ様、よろしいでしょうか？」

「よろしくないです」

「そんなことを言わずに聞いてください。どうやら別の神の御使いと呼ばれる方が見つかったようです。その方と是非お会いになっていただきたいのですが？」

（えっと、僕以外の神の御使いが？　もしかして、本物？）

少し気になったレフィは頷《うなず》いて言った。

「わかりました。一緒に行かせていただきます」

「ありがとうございます。ではこちらにどうぞ」

神官に案内されてレフィは部屋を出ていく。

そして、やってきたのは昨日教祖が祈っていた部屋だった。

「よくぞお越しくださいました、レフィ様。（……私の要請には応えてくださらなかったのに）」

部屋の中にいた教祖が話しかけてくる。ただ一瞬顔が強張《こわば》ったのをレフィは見逃さなかった。

「あ、あははっ……」

乾いた笑みを浮かべることしかできないレフィは、教祖の隣にいる男に視線を向ける。

ヘラヘラと微笑みかけてくる軽薄そうな男が手を差し出した。

「やぁ、僕が神の御使いと呼ばれてるミシェル・クリューエルだ。よろしく頼むよ」

「えっと……、レフィです。その……、ミシェルさんは何をもって神の御使いと呼ばれるようになったのですか?」

「何をもってもなにも、僕が僕だから神の御使いと呼ばれてるんだぞ」

(訳がわからない……。いや、本当に神様と交信できるような能力を持っているのかな? それなら何もしなくてもそう言われてもおかしくない。むしろ僕がそう呼ばれてることの方が違和感があるよね。だって、村や町で依頼をこなしただけだから)

「ミシェルさんって、どんなスキルをお持ちなんですか?」

「俺かい? 俺は火魔法だ! こう見えてレベル4もあるんだぞ」

……。

どうやら神と交信できるわけでもなさそうだった。

さすがに不安に思ったレフィは隣にいる神官に小声で確認する。

「あの人って本当に神の御使いなんですか?」

「それは間違いないはず……なんですよ。教祖様がお連れになったお方ですから……」

レフィが教祖の方を向くと、彼はにっこり微笑んで言った。

「このお方は近くの村でドラゴンを討伐《とうばつ》したり、悪政を敷いていた領主を懲《こ》らしめたりしたのだ！」

「えっ、そうなのか!?」

ミシェルが一番驚いていたが、すぐに冷静さを取り戻し、手で顎《あご》を弄《いじ》りながら当然のように言ってくる。

「たしかにそんなこともあった気がするな。数多くの村や町を救いすぎててよく覚えてないけど」

その様子にレフィは思わず苦笑をしてしまう。

「見てのとおり、神の御使い様は行く先々で人助けをしてるんですよ。これからは我が国で頑張っていただけますか」

「任《まか》せてくれ」

「では、早速二人のお披露目《ひろめ》の準備をしておこう。準備ができたら呼ばせてもらいます。多少時間がかかると思いますので、それまではのんびりくつろいでいてください」

それから再びレフィは部屋へと連れていかれた。

部屋に戻ってくると早速霊体化ポーションを飲み、部屋の外に出る。

廊下を進んでいくと、昨日は誰もいなかった場所に神官が見張りについていた。

おそらくさっきのミシェルがいるのだろう、と予想して壁を通り抜けて中に入ってみる。

「な、なぜこんなことになってしまったんだ⁉」

ミシェルは部屋の中で頭を抱《かか》えていた。

「第一、村を救ったとかなんだそれ。初めて聞いたぞ！　それに俺自身は『神から与えられた力』としか言ってないのだが、どうしてそれが神の御使いということになったんだ……。そもそも、こんなことをして神罰が下るんじゃないだろうか……」

顔を青ざめさせているミシェル。

おだてられて、ついつい調子に乗ってしまったんだろう。でも、教祖もそのことを知らないはずはない。

多分わかっててやっているんだろうなと思いながら、部屋を出ていく。

そして、次に教祖の部屋へやってくると、中から口論する声が聞こえる。

「どうして、あんな男を神の御使い様に選んだのですか!!」

「それを言うなら、神官長が連れてきたレフィという少年も御使い様には見えないですよね」

「ぐっ……」

言い争っているのは教祖と神官長のようだ。

「別にそれらしい力があれば誰でも良かったのですよ。それはあなたも同じでしょう？　かつて神の教えを伝えた御使い様。それが再びこの国に、しかも二人もいるとなれば神を崇拝する者は我が国も神聖視するはずですから」

「そ、それはそうだが……」

「そもそもこの世界に神なんていないのですから……」

教祖が笑い声を上げる。


やっぱり教祖もただ御使いの名前を使いたかっただけのようだ。

それにしても昔にも御使いと呼ばれた人がいたんだ……。どおりでその名前にやけにこだわっていたわけだ。

(やたら僕のことを御使いと呼んでいたのも僕が他の人の依頼をこなしていたからなのかも。つまり、もう僕たちに付きまとわせないようにするには、教祖たちが嘘をついて、僕たちを神の御使いに仕立てあげようとしている。ということを公《おおやけ》にすればいいんだな)

「それなら、やっぱり信者の人が集まるお披露目のタイミングだよね……。やるならなるべく派手に……。ただ、怪我人《けがにん》だけは出さないようにしないと……」

レフィはいろいろ考えながら他の場所も見ていった。

◇

ついに、お披露目の日がやってきた。

神殿の中にはたくさんの信者たちが集まっていた。

そして、教祖や神官長が長々と挨拶《あいさつ》をする中、ミシェルが顔を青ざめさせながら話しかけてくる。

「さ、さすがにこれだけ人が多いと緊張するな」

「大丈夫ですよ。安心してください」

レフィも緊張はしていたが、ミシェルのうろたえ具合を見てると自然と落ち着いてきた。

そして、ついにレフィたちが呼ばれる。

「では、御使い様にご登壇いただきます！」

その言葉を聞いてレフィたちはゆっくり教祖の隣へと向かう。

「では、お一人ずつお話をしていただいてもよろしいでしょうか？」

ただ、ミシェルは顔を青ざめさせたまま、とても話せそうにないので、レフィが口を開く。

「わかりました。では、僕から――」

まずは自分の気持ちを落ち着かせるために深呼吸をする。

そして、ニヤニヤと笑う神官長や表情が変わらない教祖に目を向ける。

「まず、挨拶を始める前に教祖さんと神官長さんに尋《たず》ねたいことがあります」

「御使いを探し出してきたのは、もちろん信者のため……。つきましては、神様のためでしょうか？」

鷹揚《おうよう》に構えながらも、予定にないレフィの発言に少し苛立《いらだ》ちが見える神官長。

「何でしょうか？」

「では、僕の方を見ても同じように言えますか？」

神官長が気色《けしき》ばんで答える。その隣にいる教祖は澄んだ表情を見せていた。

「当たり前です！　それ以外に理由はありません」

じっと神官長の目を見る。

すると神官長は怯《ひる》んで一歩後ろに下がった。

「も、もちろん、この儂《わし》が嘘をつく必要があるはずないだろ！」

「本当に神の前に誓えますか？　嘘をつくと神罰が下りますよ」

「くどいっ!!」

怒りのあまり声を荒らげる神官長。

その瞬間に、激しい音を鳴らして神殿の壁の一部が崩れる。

(これだけじゃ弱いかな)

さらに、レフィはもっと神罰に見えるように爆発のポーションを使う。

それを放り投げると大きな爆発が起き、屋根に大穴を開けていた。

神殿内に悲鳴が響く。

「な、なんだ!?」

「どうやら神様は嘘をついた神官長に対してお怒りのようですね」

レフィはにっこり微笑みながら答える。

すると、御使いを見に来た信者たちがざわつき始める。

「神罰だ……。神罰が下ったぞ！」

「で、でも、神官長も教祖様も嘘をついてないって……」

「さ、さっきの言葉が嘘ってことは神官長たちは……」

信者たちから疑惑《ぎわく》の目を向けられた神官長は、顔を青ざめさせていた。

「そ、そんな……、わ、儂は嘘なんて……」

「では、もう一度試しますか？」

レフィが笑みを浮かべて手を上げた。

すると、神官長はさらに真っ青な顔になり、頭を地面につけて言った。

「や、やめてくれ。わ、儂が悪かった……」

必死に謝ってくる神官長。

隣にいる教祖も顔色を悪くしていた。

「まさか、あなた様は本物の神の御使い様!?」

「えっと……、違いますよ。僕はただの人ですよ……」

微笑むレフィを見て、自分たちでは太刀打《たちう》ちできない相手だと悟り、教祖たちはガックリとうなだれてしまった。

これでもう教祖たちから御使いに仕立て上げようとして、ちょっかいを出されることはないだろう。

少し安心したレフィはこの場から去ろうとする。

すると信者たちが声を上げてくる。

「御使い様、待ってください！」

信者の一人に呼び止められる。

ただ、レフィは即座に否定する。

「僕は神の御使いじゃないです……」

「そ、それでも、お礼くらい言わせてください。本当に……、本当にありがとうございます。おかげさまで神を冒瀆《ぼうとく》していた神官長たちを反省させることができました……」

お礼を言われるとどうしてもむず痒《がゆ》くなってしまう。

レフィは頭を軽く掻く。

「いえ、気にしないでください」

それだけ言うとレフィは町の外へ向かった。

「無事に終わったんだな……」

子犬サイズになっているリルが話しかけてくる。

「うん、それじゃあ王都に戻ろうか」

レフィはリルに対して満面の笑みを見せていた。

# あとがき

ご購入いただきありがとうございます。作者の空野進《そらのすすむ》です。スライムさんです。

二度目のあとがきもこうして、集英社ダッシュエックス文庫様だったのもありがたく思っております。まだまだ慣れないのですが、まずはこの本を作成するにあたって、お世話になった方に感謝を。

とても愛らしいレフィを描いてくださった三つ葉ちょこ様。本当にありがとうございます。ライトノベルが初めて……ということでしたが、そんなことを微塵《みじん》も感じさせないとても可愛らしいイラストは私自身ももっと頑張らないと、と励まされました。

（とは言っても、このあとがきを書いているときはまだ、すべてのイラストは見ていないのですが……ｗ）

そして、次に担当編集様。

イラストに感化され、作品をよりブラッシュアップしたいとギリギリになって申してしまい、本当に申し訳ありません。ですが、それに応《こた》えてくださって、こうしてＷＥＢ版とはまるで違う『幸せなポーションライフを』を出版できたのは、ひとえに担当様のお力添えのおかげだと思っています。

また、他にも販売店の皆様、印刷会社の皆様、集英社様、……等のたくさんの方々の協力があり、無事に出版することができました。

一人でも欠けてしまうと本は出来上がりませんのでいつも本当に感謝しております。

こうして、お礼を伝える機会があまりないために、あとがきで書かせていただきました。

そして、購入していただいた皆様。本当にありがとうございます。楽しんで読んでいただけたらありがたいなと思っております。

(ここまで読んでくださった方なら、楽しんでもらえたと信じています)

ＷＥＢ版から少し流れも変え、ルルカは王都から出ない……などの変更を加え、また序盤も説明不足だった部分の補足をつけたり等、色々と修正させていただきました。

ＷＥＢ版を読まれた方でも、さらに面白く読んでもらえると信じています。

最後になりますが、改めてありがとうございます。

また、私の作品を見かけたときには手に取っていただけるとありがたいです。

ダッシュエックス文庫

# 幸せなポーションライフを

空野　進

2020年4月28日　第1刷発行

★定価はカバーに表示してあります

発行者　北畠輝幸
発行所　株式会社　集英社
〒101−8050　東京都千代田区一ツ橋2−5−10
03(3230)6229(編集)
03(3230)6393(販売／書店専用) 03(3230)6080(読者係)
印刷所　凸版印刷株式会社



ISBN978-4-08-631360-5 C0193